鲜花岭上

刘鹏艳 著

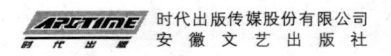

时代出版传媒股份有限公司
安徽文艺出版社

图书在版编目（CIP）数据

鲜花岭上 / 刘鹏艳著 . -- 合肥：安徽文艺出版社，2023.2

（鲸群书系）

ISBN 978-7-5396-7458-2

Ⅰ.①鲜… Ⅱ.①刘… Ⅲ.①中篇小说—小说集—中国—当代②短篇小说—小说集—中国—当代 Ⅳ.① I247.7

中国版本图书馆 CIP 数据核字 (2022) 第 067456 号

| 出 版 人：姚 巍 | 策　　划：李昌鹏 |
| 责任编辑：宋潇婧　胡 莉 | 特约编辑：罗路晗 |

封面设计：鸿儒文轩·末末美书

出版发行：安徽文艺出版社　　www.awpub.com
地　　址：合肥市翡翠路 1118 号　　邮政编码：230071
营 销 部：（0551）63533889
印　　制：阳谷毕升印务有限公司　（0635）6173567

开本：880×1230　1/32　印张：6.625　字数：148 千字
版次：2023 年 2 月第 1 版
印次：2023 年 2 月第 1 次印刷
定价：48.00 元

（如发现印装质量问题，影响阅读，请与出版社联系调换）
版权所有，侵权必究

总　序

我将中国当代文坛创作体量巨大、深具创作动能的作家群体命名为"鲸群"。入选这套"鲸群书系"的作家在2021年度中短篇小说的发表量皆有15万字以上,入选小说皆为2021年发表的作品。

"鲸群书系"以最快的速度集结丰富多元的创作成果,以年度发表体量为标准来甄别中短篇小说创作的"鲸群",展示作家创作生涯中的高光年份——当一个作家抵达极佳的状态才能进入"鲸群"。如果我们喜欢一位作家,一定会着迷于他高光年代的作品。

我想,"鲸群书系"问世后,一定会有更多的人关注被我称为"鲸群"的作家群体,因为这个群体标示了中国当代小说创作的年度峰值——它带着一种令人心醉的澎湃活力。

如果"鲸群书系"在2022年后不再启动,多年后它可能会成为中国当代小说研究者珍视的一套典藏;如果"鲸群书系"此后每年出版一套,它或许会为中短篇小说集的出版带来新格局。

　　这套书的作者中或许有一部分是读者尚不熟悉的小说家，我诚恳地告诉您，他就是您忽视了的一头巨鲸。正因为如此，"鲸群书系"的问世，显得别具价值。

2022 年 10 月 30 日

目录

我的外婆代号 L　　001

W 先生的城市面具　　021

须　弥　　037

逐　日　　051

鲜花岭上　　109

妊娠的月亮　　163

我的外婆代号 L

刘云彬

我怀疑她从未有过自己的名字。

尽管我非常郑重地从母亲手上接过的那张泛黄的纸片上，姓名一栏赫然写着"刘云彬"三个字。

我母亲的手抖得厉害，她像我这么大岁数时就已经不由自主，喝杯茶能把金黄色的汤水泼洒得到处都是，好像我们家贴满了金箔。所幸的是除此之外她多年来非常健康，不仅看着我成家立业，还有了自己的子孙。现在她终于到了大限之年，我望着她翕张的嘴唇，似乎能听到空气流动时曲径通幽的哨音，正从衰竭的肺腔里一点点释放出最后的频率。这尾调俏皮的哨音让她吐字不清，滴滴答答，像电报密码。我把脑袋凑近一些，再凑近一些，耳朵抵在她的嘴上，做成一个扩音喇叭。

"你，你外婆……她……她的……烈士证。"

母亲把写有"刘云彬"名字的脆黄纸片递到我手上，轻飘飘的一张，再轻轻一搓就会化为齑粉。我小心翼翼地接了，一时间却不知该把这么贵重的东西放在哪里好，只好挓挲着手，望着油尽灯枯的母亲，用力地点点头。她的目光已经飘走了，先是在那把灰色绒布面的靠背椅上停留了一会儿，接着就飘到了更远的地方。那把灰色绒布面的靠背椅，现在静悄悄地支棱在时光里，我想起我母亲对它的一见钟情——当时虽说有夺人所爱之嫌，而且我们家也并不缺少一把椅子，但她还是坚持把它带回了家。后来她就常常坐在这把椅子上，陷入遥远的沉思，像是享受一种更为遥远的拥抱。

我母亲郑重其事地放在我手里的，是一张很有年代感的烈士证。她说是一九五几年接到它的。但也不一定。因为过大荒的时候她为了能多领几斤粮票找了它好一阵子，怎么也找不着。那么大概是到了一九六几年，县里才通知她，她母亲的烈士证终于发下来了。由于年代久远，黄纸片上落款的时间和暗红色印章糊成一团，再也无法考证。我母亲的记忆也变成了碎片，拼凑不出完整的样子。只记得，那一批领烈士证的有好几户人家。前门老周家，隔壁老吴家，就连屋拐头的老庞家都领了证。我母亲就想，这证怕也不值几斤粮票。按老辈儿的说法，咱乡当年一起出去闹革命的乌泱乌泱的，哪家哪户没有红军？

杜曼藜

听说我外婆在上海当过舞小姐。

消息传到乡里的时候，我母亲已经十八岁了。母亲不肯相信，但在外头跑单帮刚刚返乡的杨大白话一口咬定，是十年前还是八年前，他亲眼在上海的百乐门舞厅里看见了我外婆。那时候她的名字叫杜曼藜。她穿得很妖艳，和她一样妖艳的还有手里的鹅毛扇。

她拿鹅毛扇这么左一扇，右一扇，就把男人的魂魄勾走了。他们乖乖地跟在她浑圆的屁股后面，穿过《夜上海》迷离的乐声和梦幻感十足的霓虹灯，把上海的夜揉搓得汁水淋漓。

香喷喷的杜曼藜总是能在男人惊艳的目光中成为焦点，不管是生张熟魏，她都如鱼得水。她裹着一席面料精良、裁剪合体的旗袍，轻盈地掠过舞池，像一只借着气流穿过微茫细雨的美丽云燕。每个男人都以和她共舞一曲为十足的骄傲，他们谈起她的时候像是谈起某一位享有尊荣的名媛或者贵妇，绝不像是在谈论舞女。

她的歌喉也不错。但她很少登台，除非身份特别贵重的客人提出非她不可的要求，她才会踩着独有的风韵轻移莲步，登台献歌一曲。她唱得情思婉转，每个跃跃欲试的音符都像在谈恋爱。靡靡之音温柔地围绕着她，她柔软的身段则整个儿包围了浪漫的歌曲，让演唱成为一种绝对完美的、表情达意的行为艺术。

要知道点歌的人与普通的看客大有不同，往往能透过氤氲在霓虹中的浪漫气息，看到闪烁的荷尔蒙凝结成细小的颗粒，在她周遭发出奇妙的光芒。这样的时候即使没有身体接触，他与她也能完成一次密谋般的对话，从而达到具体而充分的交流效果。

杨大白话当然没有这般口才，能够传达出杜曼藜的神韵之万一，不过他朴素的评价还是让没见过杜曼藜的人心驰神往——他流着口涎说："她是个让人见了就睡不着觉的女人。"

三小姐

后来族长出面，给了杨大白话一笔封口费，才没让刘家的三小姐在乡里变成妖精一般的存在。母亲跪了一条街向每户人家哭诉："大爷大娘，叔叔婶子，你们给评评理，国民党都给打到台湾去了，这红旗底下，竟还有这样黑心肠的人。他杨大白话这样诋毁我母亲，我绝不与他甘休！"

乡里乡亲多年，家门口的池塘明白深浅，哪户人家都知道我母亲是刘家三小姐的私生女，却顶着刘家的半边天。十八年前，三小姐回来的时候，一张秀气的鹅蛋脸寡白寡白的。她好像刚刚从地狱里爬出来，脸颊凹陷得厉害，原本比西窗下的海棠还要娇艳的春色从她不满二十岁的脸上消失了。她的祖父，一个在县衙里供过差的老乡绅，颤抖着双手把一个瘦得像耗子似的婴儿从她怀里接过来，一时老泪纵横。

"你怎么把孩子生下来了？"祖父问得蹊跷。

"到底是一条命哩。"三小姐答得却从容。

她伸手掠掠耳边的碎发，又整整孩子的襁褓，一脸平静，瞧不出这短短一年多的时间，她历经了怎样的惊涛骇浪。祖父却知道，她的倔强和叛逆都伤筋动骨地刻在身体里。数月前，他几乎散尽家财，把她从国民党的大狱里捞出来。其时，夏天丰沛的雨水冲刷着大地上的沟壑，在看似坚固的地表形成了无数走向复杂的溪流。她踩在污水横流的青石板街道上，方口猪皮鞋里的白袜子已经变得乌黑。微微隆起的腹部让她瘦削的身体显得有些滑稽，街旁卖南货的店铺里投出一抹晕黄的灯光，不偏不倚刚好打在她蓬草一样的头颅上。这般光景的孙女让祖父看得凄凉，忍不住红了眼圈。潇潇细雨中，只听她口里含混不清地喃喃道："我们共产党人是不会屈服的……"

刘淑媛

很长一段时间，我母亲都不能原谅我的外婆——她把她生下来，往乡下一丢，就远走高飞了。尽管太祖告诉她，"你母亲不得已才丢下你"，她还是终日陷落在一种弃儿的自伤里耿耿于怀。

太祖生了三个儿子，但三个儿子都不长命，到了我外婆这一辈，只留下三个女孩儿。这三个女孩儿也都很命苦，大小姐出嫁不久便殉夫而亡，空留下贞节烈妇的好名声；二小姐自小便是个病秧子，养在闺阁里从不出户，拖到十八岁上，终于病死了；三小姐倒是身强体健，人也聪明伶俐，最是惹她的祖父疼爱不过，可三小姐也最让她的祖父头疼——他送她去省立女子高中读书，倒读出了满脑子稀奇古怪的新潮思想，后来她还带着她逆天改命的新思想不知所终。

我母亲问起太祖时，太祖总不肯正面回答她。

"我父亲是谁？"

"是你母亲的同志。"

"他叫什么名字？"

"他叫……王革命还是李革命？我不记得了。"太祖颠顸而又狡黠地眨眨昏花老眼，啧一下嘴，"他们的事，我搞不懂。"

面对语焉不详的太祖，我母亲有几分恼怒。她觉得父母根本就没有想过要生下她，在那种颠沛流离的白色恐怖下，生孩子确实是一种愚蠢的拖累。但他们不想生她，还是把她生了下来。这就更让人恼火。

我母亲需要填写各种注明家庭关系的表格的时候，她就把母亲那一栏写上"刘淑媛"，父亲那一栏写上"刘革命"。"淑媛"是我外婆做姑娘时的闺名，至于"革命"，既然我外婆把我母亲留在刘家，父姓也就改成了"刘"。

傅慧珍

我母亲的诞生是个谜。她曾经试图查找自己的身世，但是一无所获，这让她越发坚定这样的信念：自己来到这个世界根本是个错误。因为我外公连个名字也没有，所以有名有姓的我外婆便成为她执着的对象。终于有一天,她从一本书里看到这样一段故事——一个身怀六甲的女革命者被捕入狱,但仍旧不屈不挠地同敌人做斗争——不禁对号入座地把那个女革命者和我外婆联系到一起。

这本书叫什么名字她早就不记得了,但她记得很清楚,女革命者叫傅慧珍,鹅蛋脸,齐耳短发,有一双明亮的眼睛。我母亲不是个爱读书的人,她之所以读到这本书,完全是因为她的同学推荐她读一读。那时候也没什么文化娱乐生活,我母亲初中毕业后待业在家,闲来无事,感觉自己越长越像蘑菇,就接受了他的好意。事后她才想到,他可能是想通过借书还书这一套把戏来追求她,于是立刻把他和书都拉入了黑名单。

但是傅慧珍已经刻在她的脑海里了,怎么赶也赶不走。她想傅慧珍在狱中的时候,除了和敌人做斗争,有没有想过腹中的孩子会迎来什么样的命运呢?像傅慧珍那样,具有无私而彻底的革命性的人,怎么还有时间和精力拿来谈恋爱和怀孕呢?这真是让人费解的一件事。她越想越觉得傅慧珍就是自己的母亲,她的母亲就是傅慧珍。

她结合太祖昔日的描述,把我外婆嫁接到书里的情节中去,终于搞清楚了自己的身世:

我外婆被捕后,一直拒不承认自己的共产党员身份。由于她身怀六甲,敌人一时倒也拿她没有办法。后来她托人带信给太祖,由这个愿意捐出一半财产给政府的老乡绅出面保释,才得以出狱。太祖的另一半财产,大多捐给了替政府办事的公务人员。这些经办人可不是贪得无厌的无耻之徒,他们很有分寸地拿走了太祖的钱,既让他的孙女毫发无损,又使他保留了在乡间基本的体面。

我外婆出狱后却不愿跟随太祖回乡，她说她还有更重要的事要做。她在一家红十字会医务所里产下了一名女婴。也许是因为从一出生就频频历险历劫，好不容易才得以顺利来到人间，她给这个孩子起名圣宁。从血泊中抱起孩子的那一刻，她的心头涌起难以言喻的复杂滋味。这个小小的人儿，是她和爱人之间革命的浪漫主义的产物，在这个幼小的生命来到人世之前，她还没有郑重地考虑过作为一个母亲的责任和重担。她和所有忠诚的革命者一样，从没有把对个人问题的考量凌驾于革命的问题之上，然而现在她实实在在地触碰到了这个柔软的小生命，忽然就多出了莫名的忧伤和焦虑。

她踯躅在深秋的街头，不觉风吹叶落，一片飘零的枯叶落在她孱弱的肩上。她恍惚了一下，时光流转，从春到秋，故乡早已被坚定的革命脚步甩在了身后，她回不去了，可是，孩子怎么办？她看了一眼怀里的圣宁，这个嗷嗷待哺的小生命，似乎在国家的革命尚未成功之前，首先引领她完成了一次女性本体的革命。

邓　红

有一年家里来了贵客，一个鹤发童颜的老太太，举手投足都是老革命的范儿。据说是北京来的正部级老干部，我母亲告诉我，这是我外婆在江西时的战友。

我们家，甚至我们市里，全都是又惊又喜。由市里的专门人员安排，我们在当时最高档的稻香楼宾馆宴请了老太太。市电视台还扛来了摄像机，导演谦卑地站在角落里，向我们摇手示意："当我们不存在，你们尽情聊。"

部长老太太深情地说起了她和我外婆邓红的故事。

"我是1932年下半年在中央苏区认识邓红的,当时她是机要员,负责译电工作。"老太太的满头白发成为镜头中最醒目的标签,在富丽堂皇的巨大枝形吊灯下放射出水晶般的光华,她笑着看看我母亲,"像,真像。"

镜头推到了我母亲脸上,在那里,观众将看到邓红的影子。

1932年下半年,由上海绕道广东、福建赶赴江西的我外婆,化名邓红,出现在吴淞口的一艘外国商船上。她将从海上航行到广东汕头,再从汕头到大浦、潮州,沿途翻山越岭,风餐露宿,还要冒险穿过敌人埋下的竹签和铁蒺藜,去往她的圣地。

在瑞金城下的沙洲坝,她望见了掩映在村落中作为中共中央机关的几栋灰瓦房舍。这片自由的天地让她忍不住激动地叹息了一声。

"邓红是从大地方来的,我们怕她一下子适应不了根据地的生活,就常常找她谈心。那时候国民党的数十万大军重重包围着中央苏区,盐巴和粮食都运不进来,同志们只好吃硝盐和死去的动物尸体。浮肿病是最常见的,连走路都发飘,更不要说正常的工作了。"部长老太太忆起往昔的峥嵘岁月,分外感慨,"邓红的工作就是与白区的同志进行电讯联系。"

深陷包围圈的中央苏区与外界的联络十分困难,无线电成为中央苏区同上海党组织及其他根据地进行联系的唯一通信工具。电台和密码,是中央根据地的核心机密,也是整个党中央的生命线。依靠那些工作在秘密战线上的同志,党中央才能及时了解敌人的动态;依靠这些看不见的红色电波,党中央的声音才能及时传到各个红色根据地,领导各地的反"围剿"斗争。正是由于电台和密码的重要性,邓红他们所要承担的责任和面临的生命危险也比普通战士大得多。敌人的轰炸机往往是冲着他们来的，炸毁通信设备，切断苏区与外界的联系，这比歼灭一个师团更让国民党部队兴奋。

"那时候，邓红常常要揣上密码本和纸笔，躲进深山去办公。"老太太回忆道，"他们秘密工作的隐蔽地点距离机关十分遥远，来回都要跋山涉水。"

我们眼前浮现出二十一岁的邓红，脸上已经有了风霜的痕迹，然而依旧焕发着灼热的青春光彩。她穿过荆棘丛林，直到身上的衣服划得稀烂，全身血迹斑斑。这些血是为了保证密码本的安全而流的，每一滴鲜血的背后都承载着党中央的重托。这样紧张而又艰苦的工作一直持续到长征开始，她再度怀孕，由于行动不便，无法跟随部队转移，上级指示她回到上海继续从事地下工作。

这样说，我母亲至少应该有个弟弟或者妹妹。听了部长老太太的介绍，我母亲有些激动，忙打问那个孩子的下落，还有孩子的父亲是谁。老太太遗憾地说孩子最后没保住，因为队伍转移前，邓红最后一次跑进深山里收发密电时遭到了敌人的轰炸，她不幸流产了。至于邓红的爱人，好像姓胡，是江西本地人，当时他们刚刚结婚。

我母亲非常失望，看来她并没有一个弟弟或者妹妹，她还是那样孤独。那个姓胡的男人，也不大可能是她的父亲，她隐身在历史褶皱里的父亲可能早在1932年以前就默默无闻地牺牲了。邓红去中央苏区时，当年在家乡闹革命单纯追求妇女解放的幼稚劲儿已经翻篇了，无论是生活经验，还是斗争经验，都在她身上丰富起来。如果那个孩子顺利出生的话，起码有一个名正言顺的父亲。

谢思璇

　　根据县档案馆提供的资料，我外婆在上海时期的化名叫谢思璇，她曾经作为潘汉年的女伴，出入名流麇集的国民党高档会所。她脱下了穿戴已久的学生装，像当时上海时髦的上层妇女一样，换上了珠光宝气的流行装扮，挽着中共"特科"领导人潘汉年的胳膊，款款走进星月闪耀的宴会厅。灯红酒绿，觥筹交错，上海的头面人物谈笑风生，指点江山，像是半个中国的涨落进退都在他们的股掌之间。年轻漂亮的谢思璇如一尾金色的锦鲤，轻摆罗裙周旋其间，把应酬话说得天衣无缝，成为潘汉年的左膀右臂。

　　她早已迅速成长起来，不再是那个从大山深处走出来的学生妹。她喜欢歌舞升平背后潜藏着的暗流涌动的危机，喜欢与浪漫主义相纠缠的冒险和面对惊心动魄的时刻肾上腺素分泌的快感。即使类似于送文件这样简单的日常任务，也冒有极大的风险。租界里的警笛和骚乱总是如影随形，往往是提着警棍的"红头阿三"举起胸前的警笛呜呜一阵狂吹，路上的行人便被呼喝着像牲口样被赶来赶去。杂沓纷乱的脚步中也无暇分辨什么，只能跟着众人像无头苍蝇一样乱跑。这时她手中提着的小皮箱就显得那么沉重，随着它在无数条惊慌失措的腿脚之间恶作剧似的晃动，她的心脏都跟着突突地跳出了胸腔。她必须让自己冷静下来，若无其事地走上前去，面对印度巡捕的搜查和询问，展现出泰山崩于前而色不改的镇定。

　　她和那个叫杜曼藜的舞女没有一点关系。

　　我母亲一直对杨大白话的胡说八道耿耿于怀，那年领到我外婆的烈士证,她第一时间不是缅怀和悲伤,而是觉得自己终于拿到了真凭实据,于是找上门去,把杨大白话狗血淋头地骂了一顿。我母亲虽是外婆的骨肉,却全没有骨肉至亲的那份情感联结。多年以来她饱受神经性背痛的折磨,我给她找过无数次医生,中西医都没用,最后还是一个心理医生一语道破天机:这种躯体性反应来自她和她母亲僵化的关系。

"她没有力量感,因为背后缺少支撑。"心理医生这样告诉我,尽管我不大听得懂。

我所能理解的就是,我母亲要强的性子和果敢的脾气都是硬撑的。也许在夜深人静的时候,她会躲进黑暗的角落,像只受伤的猫一样独自舔舐伤口,但在太阳升起之后,绝不允许别人看见她的虚弱。

在白区和潘汉年一起从事地下工作,让我外婆引以为傲。潘汉年卓越的统战才能声名远播,他儒雅的风度和渊博的学识令她仰慕不已,而潘汉年也不吝溢美之词地夸赞她接人待物大方得体。她在后来的一些材料里写道:"不管和什么人他都能谈得很火热。三杯(酒)下肚,这些人的话多起来。汉年善于引话,不知不觉间就将我们所需要了解的情报从敌人嘴里套出来……"看来,潘汉年风雅的谈吐、从容的行止都让她印象深刻。我母亲一度无聊地从中揣测,也许我外公也是这样的人。

老 L

在重庆的那段时间,我外婆代号 L。

作为地下党,她居无定所,身份多变,一会儿是小学教师,一会儿是茶楼老板娘,一会儿在街角摆香烟摊子,一会儿去教堂做修女。你可以看到胳膊上套着菜篮子跟人讨价还价的她，也可以看到坐着小汽车到处赶赴饭局和舞会的她；你可以称呼她张太太，也可以叫她赵阿妹。有时她在暗夜里悄无声息地翻译密电码，有时又在青天白日的大街上跟交通员接头。她今天是一个人，明天又是另一个人，前一秒钟还穿着曲线玲珑的旗袍与男人打情骂俏，后一秒钟就是面目沧桑的乡村妇人，臃肿得让男人多看一眼都嫌烦。

她拥有很多个名字，但没有一个使她觉得安全。往往是等不到她对自己的新名字产生认同感，这个名字就被弃如敝屣地作废了。她必须不断变化，以保持名字的新鲜，到最后她能记住的就是，她是一个不需要名字的地下工作者。如果她的名字被任何人记住，包括她自己，那都将是一种巨大的危险。

老L他们传递情报的方法包括信鸽、密电和各种暗号，有一次她去接头的时候，看见一条破裤衩挂在门边的笤帚上，就知道不能上楼了。她立刻折身，装作忘了什么东西似的，一边拍着脑袋，一边朝马路上走。路过那个佯装看报纸的探子的时候，她甚至还主动和他打了个招呼，并向他借来打火机，优雅地点燃了一支雪茄。

像这样在敌人眼皮底下化险为夷的情况比比皆是，可能是运气好，老L在敌人的情报名单上出现了好几年，但一直没有暴露。

我母亲怀疑我外婆从来没想过自己在乡下还有个女儿。那对革命者来说确实是个负担，再说也没有时间——我外婆常年在外面东奔西跑，干着杀头的营生，这占用了她整个的生命。我母亲因此内心里是拒绝我外婆的，她们母女之间像是一片凉透的年糕和另一片凉透的年糕，热不起来，也粘不到一块去。

尽管在此之前，同一块年糕不分彼此地存在过，她在她的身体里，同体同命地度过了那么艰难的日子。

我母亲不记得了，不记得在外婆子宫里的温暖和抱持，只记得她们分离后，绵延一生的寒冷和孤独。她跟我说，政府给她发烈士证的时候，她一点也不觉得意外。她拿到烈士证，倒是哭了一场，不过不是为我外婆哭，而是因为确切地知道了外婆终于不在人世，她为自己哭一场罢了。

我母亲幼年时便知道自己是个无父无母的孩子，遇到难过的事情，常常忍着不哭，这一次大哭，让身边的人都惊讶不已。他们还以为她们母女之间没什么感情呢，谁知我母亲竟哭得可用惨烈来形容了。

她

烈士证上用楷体字写着"刘云彬"三个字，这让我母亲感到非常陌生。她多年来熟悉的那个口头上的母亲，一直是"刘淑媛"。不过政府是不会搞错的，她接过烈士证，一时间有些恍惚，仿佛自己才是那个被追认的烈士。

据说刘云彬是我外婆第二次去上海后为自己改的名字。与掩饰身份的谢思璇不同，这是日后将出现在历史档案中的烈士的名字。

从中央苏区回到上海后，她在内山书店见到了冯雪峰和邹韬奋等人，也和潘汉年再次接上了头。这家由鲁迅的日本朋友内山完造开办的进步书店，成为安插在白区的一颗重要的红色棋子，联络了各地汇集上海的共产党人。

她经常到书店去，也许并不是为了和联络人接头。她本就是个爱读书的人，按太祖的说法，如果当年她不是读了那么多乱七八糟的书，也不会干出那么多在本分人看来乱七八糟的事。她随身的小箱子里，有一本《少年漂泊者》，后来成为县党史纪念馆的文物被珍藏起来，连我母亲也只能隔着玻璃柜观瞻。

我母亲没有读过这本书，但她知道这是国民党时期的禁书，因而也有几分佩服我外婆。换作是她，她可不敢把禁书带在身边到处跑。她是我太祖说的那种本分人，不怎么爱读书，也不喜欢冒险，除了踏踏实实工作之外，一辈子把生儿育女当作最可靠的事业。所以她不能理解她的母亲，不能理解母亲对她的抛弃，更不能理解她母亲生生剥掉自己的血脉和已为人母的身份，只为了成为一名纯粹的理想主义的革命者。这一切都让人疑窦丛生。

外婆深深伤害了我母亲，一直到很多年之后，我母亲提起我外婆的时候，还是难有起伏的感情色彩。说到外婆，我母亲会用"她"来代替，叙述的语调平静无波，仿佛那是一个和她全无干系的陌生人。

"她"对她的确是陌生的。她没有吃过"她"的奶，也没有享受过"她"的拥抱，她甚至不在"她"目光所及的地方。想到这里，我母亲才会掩面而泣。不过那都是在静寂无人的时候。

除了那次拿到烈士证失声痛哭，我母亲唯一一次当着外人的面哭泣，是因为我坚持把她拉到一个咨询师朋友面前，请他为我们做了一次家庭系统排列。我母亲年纪越来越大，她的神经性背痛也越来越严重。我到处寻医问药，但丝毫不能缓解她的病痛。有一次我和一个咨询师朋友共赴饭局，鉴于他祖上是中医世家，我就随口问了一句，有没有什么偏方可以治疗这种莫名其妙的神经性背痛，没想到他给我推荐了一种非常现代的新奇疗法。

如果我拉着我母亲去看心理医生,她一定以为我疯了。所以我耍了点小聪明。

"这只是个游戏。"我对母亲说。事实上我听到那位咨询师朋友眉飞色舞地提出"家排"疗法后,确实挺感兴趣的,这听起来很像一个角色扮演的游戏。

"我都这么大年纪了。"母亲觉得我有些荒唐。

"那您就当是陪我玩吧,"我央求道,"我最近在写一部关于家族史的小说。"

这样一说我母亲才同意。

复活的外婆

外婆在我们生活中已经消失多年,不仅我们没有见过她,就连我母亲也对她毫无印象。县党史纪念馆成立的那一年,我们作为第一批参观者,看到了纪念馆西墙上挂着她作为党史资料留存的一张复原照片。放大后的影像十分模糊,瞧不清面孔,只依稀见到白衣黑裙的学生装扮。推算起来,这应该是1930年左右的外婆。

我母亲盯着那张模糊的面孔看了好久,先是站在一两米开外的地方眯着眼睛看,后来走到近前,身子抵在展示革命文物的玻璃柜台上,仰着头看那幅悬挂在矮柜上方的"刘云彬烈士"遗照。她的眉头蹙得很紧,目光咬住照片上的人,好像在探寻什么秘密,过了好久,终于还是叹息一声,垂下头来,读不出任何意义的目光软软地掉落在那本残损的《少年漂泊者》上,噗噜跌碎了。

对我母亲来说，外婆像一个符号般的存在，如果她不承认外婆，那么自己就没有来处；但如果说这个面目模糊的年轻女人就是她的母亲，她又丝毫找不到母女之间那种情感的联结。她陷入深深的困惑当中，虽然日常看不出什么异样，我却知道她心里有个硬邦邦的死结，就那么刺生生地扎在心窝里。

在后来那次充满命运的偶然性的饭局上，我的咨询师朋友提到他新学习到的一种充满神秘意味的心理疗法，可以通过情景再现和角色扮演，使死去的关系和人奇迹般地"复活"。虽然听起来更像是巫术，但它确实是一门在临床上给无数家庭带来福音的科学。于是我们决定试一试，也许可以帮助我母亲穿越混沌的历史，和素未谋面的外婆见上一面。

我们选择了一个温和的四月的午后，风和阳光都正好。母亲午休后精神不错，她说准备好了，可以跟我去见她的母亲。这个说法本身就很有趣，好像我们真的能见到死去多年的外婆似的，扑面的春光让我们有一种穿越的感觉。

在一间布置典雅的斗室里，咨询师问我母亲："您觉得您的原生家庭是什么样的？"这个问题让我母亲费了一点脑子。虽然咨询师已经向这位固执的老太太解释过什么叫原生家庭，她还是陷在自己简单封闭的关系构图里不能自拔。"我们家只有我和我太爷两个人。"她咬着嘴唇说，"早就没人了。"

"您父亲和母亲呢？"

"我从没见过他们。"

"但他们还在那里。"

我母亲不说话了，她舔舔发干的嘴唇，不置可否。

我们因为人手有限，无法扮演我母亲原生家庭里的全部角色，只好用两把灰色的绒布面靠背椅代替太祖和我外公，由我来扮演在这段关系中最重要的人——我的外婆。我母亲则恢复了她小孩子的身份，无助地站在角落里，听从咨询师的导语，把自己和母亲放置在同一段关系当中。

"您觉得您和母亲的关系是怎样的？"咨询师慢吞吞地问道，"如果现在她就在这里，您可以根据心理距离的远近让她随意站在这间屋子的任何地方。"

"她……可以在那里。"我母亲想了想，有点不确定地说。于是我按照母亲手指的方向，站到了她对面的另一个屋角。

咨询师接着问："她要怎样才让你感到舒服呢？或者你心里的母亲，应该怎样？她这样看着你可以吗？"这时候我正与母亲四目相对，我看到她的眼神如受惊的小兔般闪过一丝痛苦的痉挛。

"她……"我母亲不自觉地避开我的视线，把目光转向了咨询师，"还是不要吧……我不想让她看我。"

于是我按照咨询师的导语转过身去，把背部暴露在微颤的空气里。咨询师再次问我母亲："现在好一些吗？"

"是的，舒服多了。"我母亲好像嘘了一口气。

在接下来的时间里，我们不断调整位置，最终形成了我母亲和一把椅子并肩站在一起，遥望对面我的背影和另一把椅子的侧方的局面。由于地方有限，我母亲同意我离她近一些，因为我的侧前方还得再放一把椅子，那是她的父亲。在她看来，父亲应该更遥远一些，但我已经抵着墙壁了，所以不得不退回一步。我估计，如果这间房子够大，她会让我们都站到天边去。让我感到奇怪的是，那把象征父亲的椅子并没有和我一样，绝对地背对着她——她认为父亲可以浅浅地侧着身看她。

两把椅子一前一后钳制着我，我陷入一种莫名其妙的沮丧情绪中去，不久全身紧绷，如芒在背。我非常想回头，但是一种奇怪的力量牵引着我的颈椎似的，使我不能回望，再说我母亲事先也说了不让我回头看她。这种感觉很难受，如同腹背受敌，受尽煎熬。所以当咨询师询问我的感受时，我就如实相告，让我母亲大吃一惊。

"你……为，为什么要……回头？"她的声音又尖又细，不像是成年人的口音，但是因为口唇哆嗦，反而有些含混不清。

咨询师再次慢吞吞地问她："如果她想回头看你，可以吗？"

我母亲呆了一呆，接着茫然地摇摇头，又点点头。

我缓缓地转过身来，见母亲面色苍白，瘦小的身子瑟瑟颤抖，像是被雨水打湿翅膀的幼蝶。我眼里一热，竟怔怔地流下泪来。这一下引爆了我母亲，她立刻号啕大哭，不管不顾地扑到我面前，抱住我的腿伏身而泣，把自己哭成了汹涌的海洋……

那一天，我母亲把多年积攒下来的泪水都倾倒在了我身上，不，是倾泻在我外婆的身上。她哭得那样伤心，像个越过千山万水和千难万阻去见母亲一面的小女孩。我紧紧地拥抱她，像她多年前抱着我一样。我分不清怀抱中的是母亲还是孩子，她是母亲，也是孩子。

从那天之后，困扰了我母亲多年的神经性背痛奇迹般地消失了。不过，让我的咨询师朋友哭笑不得的是，老太太固执地搬走了他办公室里的一把椅子。

W 先生的城市面具

> 它既非不朽之物，也非必朽之物，而是介于这两者之间……它是一个伟大的精灵，而正像所有的精灵一样，它是神明与凡夫之间的一个中介。
>
> ——爱之导师 迪欧提玛

我们姑且称他为 W 先生吧，因为直到他被警察逮捕的那一天，李修都不知道他的名字。

李修原先也并不叫李修，父亲给她起的名字是李美丽，她觉得太俗，自作主张改成了现在的名字。所以她很清楚，名字不过是一个符号，大可以随便地改来改去，这不重要的，一点也不重要。之前他在交友网站上注册的名字是 Williams，她叫他 W，就这样一直交往下去，彼此很有些好感，终于发展到相互交换电话号码的地步，而后感情逐渐升温，约好了这年九月在香港见面。

一直到这个时候，故事还是如童话般美好，李修想，她等了三十五年，也许等的就是这个人，一个无法具名却对她来说相当具体的男子 W，她甚至可以在千万人当中分辨出他的呼吸声。岁月到底没有辜负她对爱情的守望，在很多人已经不相信爱情的年纪，爱情来了。

从公寓的十八层飘窗上看出去，对面的楚女湖一片春意盎然，沿湖垂下千万条绿丝绦，在湖周旖旎地串成一条翡翠珠链般嫩绿的喷薄，将湖水裁剪出曲线窈窕的轮廓。这是个美好的季节，必然要发生一点美好的事情，对此李修深信不疑。最近她在社交网站上结识了 W 先生，一个长相酷似古天乐的三十二岁香港籍男子。当然，所有关于 W 先生的资料都来自社交网站。起初她完全是被那张上传的照片深深吸引，眉目如画，白而不腻，完全是古天乐早年尚未"黑化"时人畜无害的样子。两人聊了几句，竟然相见恨晚，这也是出乎意料，毕竟W先生比起涉世不算浅的李修，尚且要小三岁，她还一直以为年长的男性才适合她呢。小姐姐，他这么软萌地称呼她，使她虽见过一些世面却葆有一分天真的芳心瞬间融化掉。见过世面又怎么样？在爱情面前，一切世故的、世俗的大场面都不值一提，因为它们根本不属于同一个价值序列，你怎么拿过去那些无聊的筹码去排兵布阵？

李修想到这里，竟有些意乱神迷。就是这种感觉了，中学时暗恋一个高中部的男生，也是这样，想到他炫技似的把篮球放在指尖上转成一颗飞旋的星体，她会跟着整颗星球一起眩晕，从而完全忘掉自己身处的这个世界。现在她三十五岁了，谈过几场伤筋动骨的恋爱，伤敌一千自损八百之后，还会对近乎虚无的爱情抱有憧憬，也算难得。她脸色绯红地端起面前的那杯焦糖玛奇朵，浅浅地啜了一口。

这是W先生航空速递来的。玛奇朵在意大利文里是"印记、烙印"的意思，加了焦糖的玛奇朵，也即"甜蜜的印记"。她身边的男人还没有一个如此浪漫。虽然按照世界卫生组织的界定，她这个年纪还算是青年，但围绕着她的那一拨男人无一例外都有了中年油腻的迹象，无论是尚且单身的男同学，还是相亲认识的对象，发际线一律明显后移，要么就是头皮屑飞雪似的洒满深色西装的整个肩部。她看不上他们，一个也看不上。并不是她的眼光高，实在是接受不了品位太差的姻缘。怎么能将就呢？她的父母把她如此精致地养育成一个优雅知性的女子，就连读小说，也是只读苏青或张爱玲，难道让她嫁给一个肩胛上扛着一层头皮屑的中年油腻男？

但现实状况是,她这个年纪,如果不和中年油腻男交往,又实在没有什么选择的余地。

这也是她常常和父母发生争执的根本原因——他们劝她不要再那样精致(简直有些后悔之前过度精致的养育),总要被生活的烟火熏一熏才好;而她拒绝平庸,既然她的灵魂那么高贵,难免要享受孤独。

W先生闯入她的生活,真是让她眼前一亮。

此刻她俯视着对面因荡漾着一泓春水而显得越发楚楚动人的楚女湖,心中跃动出叮咚的音符,宛若悬空轻舞的琉璃风铃。

这套小公寓是李修自己掏钱买的,父母说要"赞助",她一分钱也不让。不让是有她的道理的,这样她就有理由彻夜不归,而不惊动父母大人持续不断的关心和浓稠的爱。钥匙只有她自己才有,独立的一间小公寓,完全不受打搅,无论是以何种名义。她有时候的确表现得像是还没有长大的孩子,这时候她就回父母的家,反正无论多晚他们都会打开大门迎接她;但是有些时候,她决意做自己的时候,就躲在公寓里不让父母侵扰她。这样她就有时间和空间做一些在父母看来非常奇怪的事情。

比如,在网上和W先生谈情说爱,而毫不犹豫地拒绝掉身边几个追求者的约会。

再比如,十八层的公寓本身就够让父母奇怪的。买的时候他们就劝她别买,十七层和十九层的价格虽然贵一些,但也可以接受,为什么要买十八层呢?要不他们给她补差价好了,何必讨这么个不吉利!但她轻轻一笑,说她是不怕下地狱的,她信的是天堂。确实,在她看来,十三更不吉利,那是犹大的数字,代表背叛和不幸。不过十三层也卖得不便宜,可见买楼和识人辨物一样,也是仁者见仁,智者见智。

她在十八层住得挺好，推开窗，看得见湖景房真正的品质，水天一色，长空万里。她愿意相信自己的选择是极目天舒的，住在十八层以下和十八层以上的人，都没有她的境界。她的楼上楼下住着的，是一群什么样的人呀，多半是为生活颠沛流离的小白领，要么就是刚刚结婚，迫于压力暂时丁克的两口子。这些人顶合适这样紧凑、经济、方便的小公寓，但又未必拥有公寓的所有权。因为那些炒楼的暴发户早把楼层和朝向都包了圆儿，一切都是过渡形式的，许诺租客拎包入住，但也坐享随时调价的权利，把旧人赶走，再迎接新人，反正是铁打的公寓流水的客。李修这样正儿八经安家落户的，反倒少见。她真把这儿当成了自己的家，归宿一般的所在，比起父母那边的房子，她更愿意待在这儿。

父母也曾抱怨，家里怎么也不少你一间房，干吗不住家里？李修的回答是，对于一个成年人来说，离开家和离开子宫具有一样重要的意义。

母亲气得笑起来："你要是成了家，自然会让你离开，现在是不是有点'早产'？"李修摇摇头："成家不成家的，没你们想的那么重要，顶多算是'催产素'。我这就是瓜熟蒂落的事儿，你们能理解就理解，不能理解也不强求。"父亲皱着眉大手一挥："随她去，都是你惯的。"母亲觉得自己两头受气，不禁红了眼圈："好好好，全都成了我的不是。"说着一指李修，"你走！"接着又指着自己的丈夫，"你睡那间房去！"从此，老两口分房而睡。李修觉得自己给了母亲一个很好的借口——长期以来"为了女儿、为了这个家"极尽压抑之能事的母亲，终于扬眉吐气地为自己主张了一次权利。李修有时候也难免为父亲和母亲的貌合神离感到难堪，但怎么说呢，她又不能谴责他们

"为了女儿、为了这个家"而共同付出的毕生的努力。毕竟,他们都是非常爱她的,甚至做出了巨大的牺牲。

基于此,李修不认为婚姻是一件必不可少的事。

但爱情另当别论。也可能因为这玩意儿是人生少有的不及物的执念之一,李修反倒看得很开,人这一生,总要耗在一件事上,不是这事儿就是那事儿,要么婚姻要么爱情,要么理想要么欲望,守着一段婚姻未必比守着一段爱情强,但也可能相反;同理,那些打着理想之旗号长袖善舞的人,比起直接觍着脸满足自己欲望的家伙,是不是真的高明,这也很难说。所以,无论如何值得赌一把。

W先生的出现,犹如一道光,照亮了在黑暗中摸索多年的李修。这个一心追求光明的人如今终于体会到了光明的照耀,她简直要飞蛾扑火般地让自己燃烧起来。

和别人解释这种感觉挺费劲的,比起爱情这个可有可无的东西,身边的人更关心粮食和蔬菜。他们反倒劝她,不要那么不切实际,找个香港人虽然也不错,但网络上认识的,这也太不靠谱了。她和他们说什么呢?说她相信自己的直觉吗?说她和W先生之间正是那种不兼容于世俗的爱情吗?没人信的,父母不肯信,亲戚朋友也把这当笑话,还有同事,那种实际上最不靠谱的人际关系,他们更愿意她在个人问题上摔个大跟头,以有效地阻碍她本年度的业绩上升。所以,她谁也没说,把这种感觉喂养在自己心里,就像饲喂一只专属的高贵宠物,所有的狂喜、甜蜜、过山车般的晕眩,哪怕是带着一丝忧伤的心悸,都是她和W先生的秘密。

四个月以后,李修已经和W先生难分难舍了。那是一种灵魂的契合,倒不在乎朝朝暮暮,是隔着千山万水,也不能阻挡一丝一毫的那种笃厚与缱绻。W先生甚至掌握了李修的生理期，一到日子就提醒她注意各种禁忌。也不是李修特意说给他的，她还没那么二百五，这反倒显得更难能可贵——就凭着聊天软件里的只言片语、蛛丝马迹，W先生就敏感地捕捉到她正处在多么特殊的时期，这份常人难及的关怀和体贴，显示出的是W先生对她的常人难及的爱呀！

像"5·20"和"七夕"这样隆重的日子，两个远隔重山叠水却能把心儿贴在一起的人也断不会虚度。他给她送礼物，全套的游戏手办，让她安安静静地躲在楚女湖边的小公寓里，自己动手打磨、拼装、上色，而不是直接送件首饰、包包什么的。他希望她收到的是一份层次丰富的心意——手办，亦为手伴，一是情感的陪伴，二是随身相伴，她单是从一系列复杂的工艺就体会到一种高贵的和鸣，犹如灵魂在激吻，不能不为之倾倒。幸好自己还有一些美术功底，要不然他送来的喷笔这样昂贵的涂装工具，她都不知道该怎么用。

W先生是学金融的，竟嗅不出一丝儿的铜臭。这有多难得。李修身边搞这一行的男性朋友，哪一个不是三句不离IPO、P2P？好像不谈资本运作就活不下去似的，他们吃一顿饭要跟你说三遍以上的风险和收益，这还不算套利和期权。像李修这样以王小波和李银河的爱情为精神奠基的洁癖者，往往聊不下去。聊不下去就尬聊，问你爸买股票吗，或是你们家有没有在限购以前囤过房。李修直接把挂在胸前的那块上了浆的雪白餐巾扔过去，对方才因为受到不明物体劈头盖脸的袭击而被迫闭了嘴。类似的生活小插曲真是数不胜数，总之大多数男人都自以为是，很少顾及对方的感受，他们要么是存心显摆，要么是确实无知。像W先生这样温润如玉的男子，李修一度认为在尘世里是无缘遇上了，谁知上苍竟这样垂怜她，倒让她十分意外而又分外忐忑。

　　自忖在文学的汪洋大海里游弋多年的李修，心里生长着曼妙的情感和思想。她可并不是一个单纯到容易上当的人。文学即人学，称得上一门学问，自然是非常复杂的。她喜欢读小说，往往读到深入肌理的那种暧昧繁复的人性，会拍案叫绝，但在最深邃的地方，她还是觉得人性是纯粹而值得信赖的，如果你真正爱上一个人。

　　这样的悖论居然让她在自我的镜像里崇高起来。

　　鄙视一群人，而仰视一个人，因为爱情。这个理由也够可笑的了，但又那么义无反顾，犹如孤独的战士把最后一面红旗插上荒芜一人的阵地。

　　从公寓十八层的飘窗望出去，对面的楚女湖已经由初春时的一片嫩绿变为立夏后的浓翠。这种悄然的转变在普通人看来是不以为意的，因为沿湖形成的林带年年都吐芽长叶然后萎落凋零，多数人习惯性地选择忽略它们的枯荣，关心这个还不如关心油盐酱醋是不是调价了。李修的嘴角划过一道柴郡猫式的笑。

　　W先生在她心里生根发芽以后，她感觉自己更有力量面对世俗的一切庸常琐碎了。之前她买东西很少问价钱，反正市面上的面包牛奶牙膏肥皂之类差不了多少，围绕这些精细的价格打转，会把自己弄疯掉。在金钱面前，她是粗线条的，打小就是父母心尖儿上的宝贝，几乎从未体会过匮乏感，所以买东西不问价，若是问了价，则必然是要买的，并不因为价格不合适而杀掉自己的购买欲。但是现在，她居然学会了做一些经济学方面的考量，比如，外出吃饭到底要不要打包。W先生说生活中的经济学问题比想象中要有趣得多，通常环保主义者会反对使用大量的塑料袋包装食物，不过也有相当一部分人提倡把没有吃完的食物打包以免浪费，那么问题来了，到底是多浪费一些食物还是多浪费一些打包盒和塑料袋呢？

李修被这个问题绕进去了，一整天都在思考这道题的正确答案。浪费食物？浪费包装袋？打小儿她接受的教育，就是面对问题要求出一个正确的答案，但W先生很调皮地忽略了她的追问，转而模棱两可地提出另一个有趣的问题：通常我们认为坏人做坏事，归公安部门管，而好人做好事，归居委会管，那么坏人做好事或者好人做坏事这样的情况，谁管合适呢？李修再一次惊讶地张大了嘴。

这些后来都被证明是《薛兆丰经济学讲义》里的噱头，不过那时候李修还没有接触过薛教授的思想，不免对W先生的口若悬河表现出一个小学生仰视大教授般的崇拜。她自己也是认可这种爱情表现的，因为记得哪本书里说过，爱情的心理学成分当中，就包括女人对心仪男子的非理性崇拜。所以W先生同她聊经济学，她不但没有反感，而且一边听得津津有味，一边还持续不断地分泌多巴胺。她心悦诚服地点着头，听他讲经济学其实是专门研究"事与愿违"之规律的学问，也就是专管坏人做好事以及好人做坏事，她的眼睛里灼灼放出光来，仿佛大道得证，飞升上仙。后来W先生被捕之后，她还极认真地反刍过他的话，他对于她，是坏人做了好事呢，还是好人做了坏事？

在此之前，他从来没有向她索要过任何财物，她不认为W先生诈骗的罪名能够成立。事实上她到了香港岛中环金融街8号，既没有见到W先生，也没有找到那家签署了投资申请及服务文件的投资集团之后，她的第一反应并不是受骗了，而是命运如此捉弄人，叫他们在茫茫人海中错过了一生。怪不得他们的相遇让她那么意外，又那么忐忑，现在，似乎一下子明白了。她居然有松了一口气的感觉，是那种对于交了底的人生的坦然。

她寻找过他，但没有用，那天之后，她的微信和QQ就被拉黑了，那个通了无数次甜言蜜语的香港号码也接不通了。她心痛得厉害，愤怒和震惊之类的感受反倒不那么强烈。直到警察找过来，说接到外地某女士的报警，一个高中未毕业的骗子伪装成"高富帅"，专骗在网上寻找情感寄托的女子，请她协助调查，她这才不情愿地提供资料（当时她还赌气地想，她提供的可不是他犯罪的证据），配合他们破获了一起跨省特大电信网络诈骗案件。投进水里的那五十万呢？他们问她。她摇摇头，表示并不想追究。她觉得他们恐怕搞错了，一个高中肄业的农村男人，骗走了她五十万元人民币？可是在长达六个月的"爱情"面前，那五十万又算什么呢！

她还记得，公寓对面楚女湖上的荷花开得最盛的时候，她从高处望着半幅被水莲占满的湖面，和W先生通电话。他的声音温柔得简直要把她融化掉（他总是能融化她），不仅仅是融化她的少女心，还有她整个的身体，她不得不软下身子来，倚着飘窗边的铝合金框架，小声地说着情话。说到眼前这半幅水面的莲，以及接天无穷碧的莲叶，"像是满眼的浮萍"，她这样跟他说，怕他不明白，又咻咻笑着解释："十八楼，离得远，那一张张盆子大的荷叶，都变成四分之一指甲盖般大小的浮萍的体量了。""是因为离得远吗？"他敏感地问她，"我让你感觉如此渺小，而且漂在水面上，成了没有根的存在。"她吃惊于他的敏感，一个忙着倒时差的男人——他刚刚从洛杉矶飞回香港，给她打电话报平安,她随口说一句,他竟然当了真,以为她隐晦地怨怼他忙于工作而忽略了她。那份优柔的歉意通过电波微微灼了她一下,她赶紧安慰他,没有的事,她只是讲荷叶,随口说说而已。他真是让她心疼呀,她竟然感受到了电话那头,他心底突如其来的孩子气的忧郁。两颗心就这样碰撞着,小心翼翼却躲不过蓝色的忧伤。就在那一刻,她清楚地看到了自己的无可救药和病入膏肓,简直就是宗教一般的情感,觉得为了爱,为了他,怎么样都是可以的。

他对她怎么样都是可以的。她这样跟警察说的时候,他们像看怪物一样看着她。

不理解?李修笑了笑,嘴角挂着一缕嘲讽,半是自嘲半是讽世。警察目瞪口呆的样子反倒让她把自己的心看得更清楚。他们不是让她提供证据吗?她提供的证据就是,W先生从未主动向她索要过财物。

"那笔五十万元的投资款是怎么回事?"警察敲着桌子问她,"难道不是他声称掌握公司内幕消息,可以帮助你以VIP客户的身份入股一个稳赚不赔的项目吗?"

"大致如此,但也不全是这样,看你们怎么理解吧。"她点点头,净白的脸上仍旧挂着浅浅的笑。她皮肤底子本就不错,这种精致的素颜妆让她看起来宛如初生,白嫩得吹弹可破。警察也笑了,放松地靠在椅子上,不乏同情地看着她,一个三十五岁的无知少女。

李修说那天还是她主动提出来跟他学投资的,因为她在这方面确实是个小白。以前跟着别人炒股票,十万块钱炒成两千块,类似的学费交过不少,她也没怎么算过账。照这个赔率,W先生从她手里拿走的不过就是一万块现金,他光是送她的礼物，价钱也不止这些。警察又被她逗笑了，相互看一眼，执笔的那个，甚至不知道从什么合适的角度把笔录做下去，只好在纸上瞎划拉。

她反过来同情警察，看他们问讯的样子就知道日夜颠倒。两个人都有严重的黑眼圈，那个稍微年轻一点的，甚至面目浮肿。瞧岁数可能正是上有老下有小的年纪，为奶粉尿布和孩子兴趣班的学费焦头烂额。他再次敲了敲桌面，提醒她正视他们的问题："难道你就没有一点警惕性？完全没有预防上当受骗的意识？"

"你会防着你老婆吗？我是说，从结婚那天开始，你就打算哪天她会卷了你的存款跑得远远的？"李修反问。

"什么？"警察的脸色很不好看，"你怎么能这么打比方？夫妻双方再怎么着也知根知底，而你的那个W，不过是虚拟网络上认识的人，你甚至连他叫什么都不知道。"

"叫什么重要吗？"李修不以为然，"我有个同学叫李嘉诚，但我知道他什么都不是。一个人和一个人走到一起，又不是一个符号和一个符号拼到一块儿。"

"简直不可理喻！"警察把纸笔拍在桌上。他们觉得可以结束调查了，证据证词已经收集得差不多，只不过照李修的说法，理解不一样，他们得回去按照法律的意图，合理地进行一下规范加工。又不是爱情小说，他们总不能说受害人李修是因为真情流露，主动提供给犯罪嫌疑人五十万元人民币。

但是李修是个较真的人，他们叫她在笔录上签字的时候，她提出了质疑。"这儿，"她指着说，"不是他诱导我，我是自愿的，他甚至还拦着我别意气用事。"

警察直摇头，一副恨铁不成钢的表情："他用的是三十六计里的欲擒故纵,还有美男计,你不知道吗?"

"《爱情三十六计》?"李修一挑眉毛,有些装疯卖傻地说,"蔡依林唱的吧?是谁开始先出招没什么大不了,见招拆招才重要,敢爱就不要跑……"她笑着念歌词,念着念着就流下泪来,真像是一场游戏啊,不必声明和他的关系,不用故弄玄虚故意装神秘,爱是一种奇妙的东西,会让人突然不能呼吸,我需要一个人静一静,究竟什么该放弃……

她不怕给警察留下精神不正常的印象,她连父母那儿都懒得去解释。他们是没法儿理解她的,她也一样,固执地不理解对方。他们只看到她现在这具肉身,看不到她前世的回忆和来生的幻想。所以她拒绝相信他们的话。

也不是不相信,她从他们的话里得到这样的印象,W先生曾经是个赤贫的农村孩子,从大山里来,走了好远的路才来到城市。但这不是他的错。他难道不想一出生就锦衣玉食,成为配得上她的样子吗?他和她通电话的时候,就给她说过大山里的故事,那些孩子怎样赤着脚走山路,不管是怪石还是泥泞,都要赤脚走过去,因为怕鞋子脏了、烂了。唯一的鞋子,要揣在怀里,到学校再换上……她听得怔住了,不知道他竟然来内地做过支教老师。他动情地说,他看到孩子们的样子,就要难过得流下泪来。她也有些泪眼婆娑,陪着唏嘘了好久,都什么年代了,还有这么偏、这么穷的地方。

所以当警察告诉他,他不是什么支教老师,他就是那个"孩子"的时候,她更加心疼他,同时心底那个未名的暗处豁然一亮——她终于捕捉到了他那突如其来的孩子气的忧郁,那小心翼翼的蓝色的忧伤——在他成为一个世俗意义上的成功的骗子以后。

他算是成功的吧,作为一个骗子。

据说他不是一个人,背后有一整个诈骗集团,他们线上诈骗,线下洗钱,团伙内部分工明确,各司其职,相当专业。她得知这个消息后有些吃惊,但也并未震怒,不是吗,他和她一直单线联系,他们之间就那么纯粹的一根电话线,她都不必知道他背后有些什么人,就像他也不知道她的父母和社会关系。世界那么大,人这么小,凭借关系连成一片难道就不是"浮萍"了吗?大多数人以为,看到关系就看到了根,其实不是的,没有根的,谁还不是孤独地随波逐流?只不过场面一大,就显得不那么单薄脆弱了,其实还是单薄,还是脆弱,显性的反应变成了隐性的基因而已。

人们都喜欢盛大的场面,她却警惕它。它让她看到了更加孤独的两个人,他和她,两颗心因为孤独而靠得更紧。他和她身体里都有那样的基因,和正常人不大一样的、不被精密运转的社会承认的执拗和单纯。哪怕他是一个骗子,她还是相信那不过是一份职业伪装,就像某些人为了更高的原则,对至亲的人也保密身份。这并不鲜见。按理说警察最能理解这种职业伪装(电影里不都这么演?卧底和线人,他们都是堕入人间地狱的人,像白昼和黑夜一样分裂着自己的人生),但他们偏偏选择视而不见(他们不相信电影,还是不相信自己?可能对于生活来说,一切非生活的存在都是虚构)。她提醒过他们的,去查查那些钱的流向,但他们并不接受她的假说。警察坚持就算有些钱进了慈善机构,也不代表什么。"至少他不是的。"她强调她的直觉。

没人相信她的直觉。

就像没人相信她刚刚经历了一场真正的爱情。

那也没什么,她走过的不算长也不算太短的人生之路告诉她,自己的心并不需要依靠别人的认同来填满。

她倒是别出心裁地提出想见 W 先生一面,但是被拒绝了。一方面,她不在法律规定的允许会见的亲属之列;另一方面,W 先生也不愿意见她。

由此,她默默地想,他是爱她的,至少,爱过。

所有人都说她是自欺欺人,她还是选择相信,不是相信别的什么,而是相信自己的心。他觉得无法面对她,所以才不敢见她的吧?要是有机会,她就会告诉他,亲爱的,她只承认罪案发生之前他们那六个月的关系,而不是后来法律定义的受害人和罪犯的关系。

到底有没有爱情呢?如果有人来问她,她会毫不犹豫地告诉他,有,也没有。爱情极有可能是一种具有审美价值的错觉。它是个很玄的东西,有点像王阳明的心学,我不看花时,花与我心同寂;我看花时,花的颜色一时明白起来,便知此花不在我心之外。所以,她又躲进了她十八层的公寓楼上,端起一杯焦糖玛奇朵,浅浅地啜着,眼前腾起乳色的云雾。当然,这一杯和 W 先生之前航空速递来的那一杯又不同,只不过拥有一个共同的名字而已。她穿过乳色的云雾,望见残荷之上,秋水明亮的楚女湖渐渐清晰起来,不由得细细念一声,唉,此心光明。

须 弥

老胡在这条街上有年头了，老胡的铺子也顺着年轮，开得有张有弛。他开的是烧饼铺，门脸儿不大，街角人家依墙根儿搭的半间披厦，刚够塞进一只炉子，一条案板。城里年轻人不好这口，因而烧饼铺火不起来。不过街坊邻居图省事的，上下班带那么一块两块烧饼，生意也便有得做。可是不知道哪一天，有那么些年轻人，听说了老胡烧饼，一时间蜂拥而至，烧饼铺子倒成了网红打卡地。老胡板着脸说，你们拍什么呢？小年轻嘻嘻哈哈地，一手抓一烧饼，脑袋往同伴的手机前兴奋地一漾一漾，方头方脑的手机也好像跟着一漾一漾。师傅，给个镜头！系着雪白围裙戴着雪白套袖的老胡低下头，事不关己地哼一句，我不上镜。再有往前凑的，老胡就开始挥擀面杖轰人了，边上玩儿去，还有客人呢。当然也是作势。

　　有人来买烧饼，只收现金，概不找零。一只掉了漆的大白瓷缸子垛在案板上，买家只管往里投钱，老胡忙着自己手头上的事儿，头都不带抬一下的。这也成了老胡烧饼的特色。那些只带手机来的，凡购物都指望扫一扫的，往往要上隔壁小超市兑钢镚儿给他。

　　都说老胡有性格，打烧饼只打两种，葱油烧饼和白糖烧饼。人家说你换换口味呀，做点梅干菜的，或者肉馅儿的，包管有人买。老胡一门心思摔打他的面团，两只手上下地摞，摞着喘着，不做，我打烧饼不在馅儿上。要换口味，容易，满大街的必胜客，他们外国烧饼才赶潮流呢，榴莲味儿的都给你做出来。人家就笑着啐他，这个老胡，犟脾气，说句笑话也较真儿。完了还是买他的葱油烧饼，或者白糖烧饼，吃不够似的。

　　论年纪，老胡也不算太老，不过大家一直这么叫，好像还是小胡那会儿，人就老了。老了就老了，老胡也不计较，又不是女人，多条褶子都吃不下饭。过日子么，谁还不是活着活着就老了。老胡打烧饼，一板一眼，打掉了多少个春夏秋冬，还跟当初那会儿似的，不偏不倚，那么大的劲道。也因此，老胡烧饼叫得开，叫得响，老胡一点不怀疑自己打出的烧饼，什么叫沾了网红的光？扯淡！要说沾光，网红才沾他的光呢，那些小屁孩，他们懂什么叫美食，什么叫地道？

　　一个烧饼两块钱，一天要是打一百个烧饼，老胡的日子就过得不错；要是打两百个烧饼，老胡的日子就很红火了。所以老胡给自己定了数，烧饼卖得再好，一天不超过两百个。也知道钱是好东西，老胡跟钱也没仇，可他光杆儿一个，除了吃点喝点，用钱的时候不多，和钱也就没那么亲。挣多少算够呢？套用一句现在流行的综艺大咖的话，人间不值得。说这话的那小孩儿才二十来岁，好像叫个李诞，小眼睛，笑起来眯缝眼就瞧不见了，一副天地混沌的样子。老胡引以为隽语。所以，没人见过老胡的第二百零一个烧饼。也有解释说这是饥饿营销的，老胡不搭理，还有人说《西游记》是职场圣经，《红楼梦》是性教育读本呢，当真？那你就输了。老胡不是输不起的人，他压根儿没想过赢而已。赢谁？说大了天去，赢个"烧饼大王"的称号，还是一卖烧饼的。这些都没用。老胡摇头。人说，怎么没用呢？都能变成钱哪。老胡说，钱又有什么用呢？人就不说话了，觉得真不是一个档次的。

　　老胡活成了自己的样子，倒不是他妈教育得好。他妈是典型的城镇妇女，粗枝大叶的，教孩子也仔细不起来。小时候老胡都是一人上下学，脖子上挂根绳，绳上吊两把钥匙，一把是家里铁门钥匙，一把是家里木门钥匙。铁门生锈，锁眼也涩得慌，老胡拧钥匙往往要左三圈右三圈。不过这也不妨事，反正进得了家门,有什么可着急的?也是性子里浑然天成的憨,老胡做什么都不急不躁,乃至打烧饼,别人摔打几下就完了,他跟案板那儿耗着,不打出丰富的层次感来绝不罢休。人说,老胡自在,一个人,想怎么着怎么着,换了别人,这个年纪,正是上有老下有小的时候,你拿钱不当回事儿,那不是天诛地灭吗?老胡一边仔细打他的烧饼,一边平心静气地说,我又不是石头缝里蹦出来的,我不想养老的带小的?这不是我妈去得早么,我媳妇儿又跑得快,没来得及生呢。他说的是结婚俩月,就跟老婆闪离的事儿。闹不清楚怎么个情况,婚姻登记处一直是个忙碌的地方,爱恨别离都很平常,老胡也看得开,单是"性格不合"四个字儿,足够夫妻双方下定决心两不耽误了。

离婚的时候,女方拿走了全部动产。老胡说,你尽管拿,不过这房子是我妈留给我的,你算是高抬贵手,给我留一地儿睡觉吧。女方也仁义,划拉走股票存款,回头又让搬家公司把家具电器搬迁一空,连一根筷子都没留下。果然是,留了栋干干净净的房子给老胡。老胡笑着流了眼泪,说妈呀,你真是我亲妈。

这是好多年前的事儿了,老胡几乎都忘了自己是结过婚的人,或者说,是有过家的人。

要是"家"就是房子的话,他不算无家可归。上了卷闸门,往回走,他心里还是有暖意的——因为那套厨卫齐全的两居室,是妈留给他的。铺子离家不远,撂颗石子儿的距离,也因此,老胡觉得打烧饼就跟小时候在家捏橡皮泥似的,所谓营生,就是个玩意儿。

打烧饼么,又不是挖矿吊梁,值不当那么辛苦。一天能打两百张烧饼,在老胡看来刚刚好,再多,就是跟自个儿过不去。

那第二百零一张烧饼赚的钱,不如他泡杯茶,抽根烟。摘了围裙,揎掉套袖,倚炉点着烟卷,把案板底下的酽茶端上来,这一天就算结束了。夕阳如水,染着金箔,斜斜洒在老胡的肩上、颊上,仔细瞧,头发上斑斑白白的,也不知是沾了面粉,还是沾了岁月。

一大早起来,照例是磕俩鸡蛋,炒一大碗油汪汪、金灿灿的蛋炒饭。打烧饼是体力活儿,老胡不敢克扣自己。中午头呢,一荤一素俩菜,也是正正经经地做,再加上二两老白干,美得慌。晚上简单点儿,熬粥,小米粥或者南瓜粥,不怕麻烦的还可以洒上八宝或者五仁,随着季节和心意,夹一块刚出炉的烧饼,简直是绝配。老胡心里有数,人活着么,也就图这一口了。穿不用瞎讲究的,能蔽体暖身就好,再怎么烧包,换着花样穿,不过是亮给别人看,他又不稀罕人家看的;住么,也不必太讲究,眼一闭,睡死过去,八个钟头不知道今夕何年,你晓得自己睡在哪块云头上?唯独"吃喝"二字,将就不得,否则,做人还有什么滋味儿?

这一天是霜降,秋过去有一段儿了,这家伙走道儿深深浅浅的,留下无边萧萧落木,松啊,柏啊,柳啊,樟啊,杨啊,桦啊,都给秋风吹了个遍,绿得老了,只能掉叶子。老胡不爱搭理这些树,他觉得它们都俗。只有槭树晓得脸红,他往往愿意仰着脖子,凝神静气地盯那么一会儿。老胡盯着槭树看,不光看它们的颜色,还看它们的形状,小爪似的,像活物。今年大旱,太阳一直那么好,都霜降了,还跟小阳春似的,冷不起来,槭树叶儿也就不那么红,或者说红得不那么透。红不透的槭树叶儿看起来涩得很,平常日子不打眼,不过在清晨的阳光下,倒能呈现出玉的颜色,青里渗红的古玉。老胡仰头望了一会儿，心里就满满当当的了，像是饿了几天的人，给结结实实塞了三张烧饼，又灌了一大茶缸子凉白开。

这种癖好是从哪年哪月开始的？不记得了，只记得那年冷得慌，老胡还是个孩子，放学回来逮着妈就要吃的。正是长个儿的时候，妈一边骂他是饿死鬼投胎，一边张罗吃食。边边角角都搜罗尽了，只抠出一点儿哈了油的炸猫耳朵。妈拍着手说，没了，没了啊，再大的家业，架不住你成天地吃，都怎么长的这是？老胡心说别人家也不知怎么养孩子的，怎么我一张嘴就把你们家吃穷了？嚼着猫耳朵，不吭声，满脸的嫌弃。妈说，你还嫌我了？都说儿不嫌母丑，你嫌我？老胡说我哪儿嫌你了？你满脸都写着呢！妈往他脑门上戳了一指头，转身去厨房择菜，准备晚饭，嘴里还叨叨着，从早吃到晚，一天三顿，没个够。这日子过得，就为一张嘴了。老胡也觉得是，人这一辈子，一睁眼就是个吃，除了这，没啥。上学什么的，都是为日后找口吃食。爸就是这么跟他说的，你不上学，就没文化，没文化，就找不着工作，没工作，就没钱吃饭。他不能不信，妈小时候就没上过学，所以只能当家庭妇女，也就是，屋里头烧饭的。爸呢，好歹上过两年学，在厂里得了份工作，要不然，一家子吃风屙屁。

光顾着吃了，穿的讲究不上，反正是——冻不着就好，也不图好看不好看的。爸是一年到头的蓝咔叽布褂子，妈倒是有两身换洗衣裳，不过也和"好看"不挨边儿，她那水桶腰，穿什么都浪费。

国庆没多久，厚衣服就套上了，然后是棉衣棉裤，阳历十月底，棉衣套上之后，就没再下过身。老胡妈说，这天儿冷得邪乎。忙着找裁缝，给老胡裁褂子。老胡蹿得快，年年都得找裁缝。为这，妈也叨叨，都怎么长得这是？去年才做的袄儿，放了两寸还多，这就不能穿了。只能拿爸的旧袄儿先对付，锁了袖口，蒙上罩褂，看上去像套了条面口袋。老胡将就着，穿到学校，被人笑话了一圈儿。

这也没什么，刚刚改革开放，贫富差距拉开得不明显，老胡这样的孩子，不说是大多数，也绝不在少数。在学校里，老师跟孩子们描绘了21世纪的蓝图，说他们必定是属于21世纪的共产主义接班人，所以不必急于一时，要努力学习科学文化知识，以免到时候接不上班儿。老胡理解老师的话，应该是顶职的意思，他们院儿里，就有待业知青顶替父母岗位的，如果没文化，连顶职都办不了，这确实是个麻烦事儿。为这，老胡学习劲头儿不小，就差悬梁刺股凿壁偷光了，可考试分数出来，往往不如人意。老师摇头说这是基因问题。

现在想起来，老师说的可能不是这个词儿。那会儿还没人知道"基因"是个什么东西，不过都说"龙生龙，凤生凤，老鼠生儿会打洞"，老胡是老胡的爸妈生的，老胡爸妈都没读过什么书，所以老胡也读不进去。硬是读，只能把自己的脑袋读得一个变两个大。后来老胡爸妈也想通了，看见老胡在灯下没白没黑地熬，就劝，早点睡吧，这点灯熬油的，电费不要钱哪？老胡泄了气，读到初中毕业，也就罢了。

初中毕业之前，还是个孩子。那时候孩子发育晚，十大几岁也不知道自己的身体是怎么回事，更想不出小孩子是怎么从大人身体里钻出来的。这当然也不妨碍什么，全中国的父母都是这么长大的，长大了，自然就知道怎么回事了。所以父母不跟孩子提这个，如果孩子提，必然讨一顿骂；好一点儿的，也是胡乱搪塞，捂半个嘴说你是垃圾桶里捡来的，或是从对面小卖铺沽来的,形形色色,跟真相不沾边儿。老胡妈就跟老胡说他是捡来的。有好长一段时间,老胡都有一种冲动,看见垃圾桶,就想凑上去翻捡翻捡。有时候能翻到死猫死狗,但从没有翻捡到小孩子,死的没有,活的就更没有。稍大些之后,老胡也知道妈骗他,自己可不就是爸妈亲生的孩子,不过还是克制不了那股冲动,见到垃圾桶,心里就像帆吃满了风,呼一下鼓荡起来。长成大小伙子的他,拦着心底里的那个小男孩,别,别去!不去也行,眼睛还往那边瞅着,黏黏糊糊的,脚步也变得有些磕绊。

妈给老胡抠搜了一小把哈了油的炸猫耳朵那天,老胡正憋着气。因为数学考试又得了个不及格,应用题几乎全军覆没,那个追及问题,"甲、乙绕着300米的环形跑道奔跑,甲每秒跑6米,乙每秒跑4米,问第二次追上乙时,甲跑了几圈",真是把老胡气糊涂了。他不知道甲跑了几圈,也不想知道,知道这个跟吃饭有关系吗?如果没关系,干吗要学这个呢?他小小的逻辑充满了怨气和委屈,妈不懂,他也懒得跟妈说。妈大不了撩起围裙擦擦手,在他脑袋上摸一把,算了,咱还有58分呢。

老胡一口吃掉手心里的那一小撮猫耳朵渣,更饿了。妈还在厨房里张罗,离吃饭还早,老胡捧着瘪瘪的肚子,百无聊赖地坐在窗口写作业。

写作业就写作业吧,语文好歹是都看得懂的。他识字儿不少,比爸妈都多得多,因而爸妈都夸他,那么厚厚的一本书也能读得通。可他也不觉得有什么可骄傲的,同班的同学,都读《骆驼祥子》和《巴黎圣母院》了,他读的不过是学校发的一本《课外阅读》。老师说要增加阅读量,课外要多读书,他狠狠读了好多遍,书都翻出毛边儿了。要是拿全班的《课外阅读》去评比，老胡的书最能显示它的主人的刻苦程度，但也仅仅是刻苦罢了。现在他擎着《课外阅读》，不知第几遍地摘抄好词好句，忽然生出了厌烦的心思。他略显浮肿的小眼睛四处瞟着，不觉就飘到了窗外，落在窗外的树上、房上、电线杆子上。

窗口那儿正好有棵槭树，天儿冷了之后，红得越发惊艳，把周遭的松啊柏啊杨啊樟啊都比了下去。这时节，别的树都是一副收缩的样子，要么焦黄了叶子一张张秃噜下去；要么绿得发黑，跟受气媳妇儿似的不敢张扬；唯独它，冷风冷雨的，倒是把脸蛋身段都催熟了，一簇火样地烧着了老胡的窗口。

老胡莫名地叹了口气，那叹息声不像是个小孩子发出来的，听来只觉得曲深幽折，含着无穷的不可说。他支了脑袋，瞧那小爪似的槭树叶，西风里摆摆手，又摆摆手，红通通的，烧心。

越过这棵冒火的树，稍后的地方，一排黑瓦的房顶影影绰绰的，再后头，比房顶高出一截的电线杆子，因其伶仃的海拔，倒瞧得更清楚些。松松垮垮斜拉出的电线上立着几只鸟儿，高低错落地嵌在混白的背景里，见出几分苍茫。那是穹隆的颜色。鸟儿在一片苍茫中变成几只黑点，又小又孤单，虽是几只，并不是独个儿，却分散着，无依无靠的，比独个儿好不到哪里去。老胡无端又叹了口气，把发酸的眼睛转到稍下方的位置。

电线下面是电线杆子，电线杆子下面呢，是一只垃圾桶。老胡感到很惊奇，比电线杆矮半截的房顶都瞧不清楚，怎么比那排平房矮更多的一只灰色垃圾桶，倒突兀地竖在眼前？更让老胡吃惊的是，垃圾桶下面还有个造型夸张的人头！慢着，怎么会有颗人头？老胡定睛望去，是个披头散发的中年女人，蹲在那儿划拉着什么。俄顷，慢悠悠地站起来，探身往半人高的垃圾桶里去。她开始翻垃圾桶，翻检得可仔细，半个身子几乎隐没在垃圾桶里,完全瞧不见她发型夸张的脑袋了。远远地,老胡的心竟然拎起来,好像看到什么不该看到的东西,又好像是终于看到了渴望多时的什么东西,一时间手脚冰凉,不能抑制地抖动起来。

那种莫名的冲动,顿时像吃满了风的帆,从他心底高高地涨了起来。他愣了一下,然后丢下书本和作业,不顾一切地奔了出去。

过道里,妈抓着把小青菜,在身后喊,哎,你干吗去?

我出去玩会儿。老胡头也不回。

妈嘀咕,作业写完了?这么快。也就是嘀咕,她管不着他的作业,比起管孩子学习这件事儿,择菜做饭容易得多。反正孩子爸快回来了,有什么作业要签字都不碍,于是提高嗓门添一句,别跑远了啊!

老胡绕过那棵着了火的槭树,噔噔噔一口气跑到垃圾桶那儿,怔怔地瞧着翻检垃圾的中年女人。瞧清楚了,是个好看的女人,无论是腰身还是脸蛋儿,都比老胡妈小一号,虽是披头散发,长相倒清秀。她身上穿的衣服也还干净整洁,不像是乞丐。老胡心里一阵咚咚跳,两只手垂在身侧,抓住自己的裤腿儿,揪扯成一团,脖子就那么僵硬地抻着,紧紧盯住女人的脸。你是谁?老胡心里问,眼睛也在问。整个绷直的身体都在发问。女人发觉有人在看她,也把目光转了过来。

那一刹,老胡给电着了似的。他一辈子都记得她的目光,清得像水,又混得像雾,她看他一眼,就像水里过了电,雾里起了风,他一下子就不知道动弹了。女人的目光绑住了他的手脚,一点点收紧,把他拉到她的鼻子前。她看着他,逼得很近,老胡以为自己被吓着了,但其实不是,他差点就脱口而出,把心底蓦然冒出来的那两个字儿喊出来。然而还没有来得及，女人突然俯下身子，在他左颊上吧嗒亲了一口。

老胡刚想喊出声儿，女人就龇牙一笑，蹦蹦跳跳地走开了。这女人精神有问题，老胡灵醒过来，才发觉事情的真相可能是他遇上了个女疯子。而且他被女疯子亲了一口，这个问题更严重了。他拼命想把事情想清楚，偏偏越想越糊涂，看着女疯子越走越远，他觉得不能这么放过她，就拔腿向她追过去。

嚯嚯，女疯子回头看他追过来，口中发出奇异的声音，又蹦又跳地跑起来。嚯嚯，她一边跑跳，一边回头发出这样语义含混的音节，嚯，嚯，或者，活，活？老胡听她叫着，不知什么意思，却几近荒唐地执意要从中拆解出某种意思来，于是紧追不舍。他更起劲地挥动双臂，两只腿快速倒腾着，跑啊，跑啊，跑得额头上渗出了汗，女疯子还在前面不远不近的地方，朝他挥手，活，活。

这样跑了不知多久，老胡没觉得累，却觉得自己快要断气了。不行了，活不了啦。老胡慢下来，一只手向前伸出去，想要抓住虚空中的什么东西似的，终于渐渐软了下来，化在一片浓黑的夜色里。活，活，那声音藏在黑暗后头，一会儿远一会儿近，诱着上气不接下气的老胡。老胡拼着最后一口气，以为就要抓住它的尾巴了，可是，又让它一闪，不见了。老胡化成墨水瘫在地上，彻底失了望，没来由的，眼圈儿就红了，一颗眼泪吧嗒掉下来，崩了颗豆儿似的。

这时候老胡才觉得怕，早就黑了天，这地方灯火又稀得很，刚才跑得热出一身汗，现在冷风一吹，浑身的汗毛咵一下就奓开了。西风转成了北风，呼呼地吹，无数把小刀子割着裸露在外面的皮肤，老胡扯紧了身上的衣服，还是不成，再怎么着，藏不住头脸哪。刀子尽拣着疼的地方割。他记得爸常说，人就活这一张脸了。唉，怎么这么重要的部位，不给缝件衣裳呢？老胡真想放声大哭。

夜里风吹得更紧，老胡在黑地里转来转去，怎么也找不着方向，好像，黑是一重幕，死活撩不开它。又急又怕，又冷又饿，老胡终究还是个孩子，哆嗦着，撕心裂肺地喊出一声，妈妈——简直像是放出两头猛兽，终于把憋在心里的那两个字儿放出来了，可惜，老胡的妈听不见，连同那个让他心里莫名痴癫的女疯子，也听不见。

这晚的结果，是老胡的爸妈打着手电寻了他大半夜，到底在环城大桥底下把瑟瑟发抖的老胡给找着了。老胡妈抱着老胡就哭，你个倒霉孩子，怎么跑到这儿来了？没考好就没考好呗，怎么学人家离家出走呢！老胡爸也哭丧着脸，你呀你，你让我怎么说你好哇，读书倒把人读傻了，命值钱，还是分儿值钱？老胡抱着臂打摆子，我要能考到高分儿就好了，那命才值钱呢。老胡爸直跺脚，屁话！老胡望着爸爸，哭出声儿，你不是说知识改变命运吗？你不是说老胡家还指着我逆天改命吗？老胡爸一呆，舔舔干裂的嘴唇，爸以前跟你说的，就当放屁吧，你能学多少是多少，高小毕业也比爸妈强哪。

那晚是个分水岭，老胡放下了一个沉重的思想包袱，不再为学习的问题纠结了，更重要的是，他知道自己是爸妈亲生的，并不是从垃圾桶里捡来的。那个女疯子后来再没有出现，老胡怀疑她是从虚空里放出来的一个精灵，在那个初冬的夜晚，她让他跑在惊悸里，跑在荒原里，跑在彻底的无价值里，抖抖索索地打捞生命的碎片……往后他就知道，生命是从破碎里来的，那么大、那么大的虚空里，什么都被撕成了碎片，别说一张脸了。他对着虚空号啕,叫她一声——妈妈。值了。

老胡长大了之后,仍然解不出追及问题和鸡兔同笼,也分不清巴甫洛夫和屠格涅夫。他原谅了自己,谁让自己是爸妈亲生的呢。老胡爸下岗之后就一蹶不起,去世早;倒是老胡妈,虽大字儿不识一个,跟人练摊儿却显示出,精明强干。老胡妈就靠摆地摊养活老胡,还挣下现在老胡住的这套两居室。

老胡不怕人说他没本事,大不了说他打一辈子烧饼,连个屋头暖脚的都找不下。他的人生境界是很开阔的,给人说闲话算不上丢脸。老胡甚至还有些窃喜,觉得自己还是一个小孩子的时候就顿悟了,一个人最没用的,就是一张脸。露着,给人看,自己难受,这叫什么道理?一年到头,吃好喝好,这是硬道理。这样过了好多个年头,都21世纪了。

21世纪早晨的阳光里,老胡暮气沉沉,他老了,一天只要打完两百个烧饼,就昏昏欲睡,好像这一天应该提早结束,因为该做的都做完了。可是这一天,有个满头白发的老太太走到铺子前,啪地打了个响指,问他,这还没到中午头儿呢,就收工了?老胡的瞌睡给惊走了,抬头看老太太一眼,朝两边摊摊手,意思是烧饼都卖完了。老太太不信,伸着脖子到处看,啊哟,抖音上说你烧饼卖得好,我特地起个早儿,大老远地跑来,怎么竟没了?老胡笑,您还凑这热闹?老太太不满意地说,我怎么就不能凑热闹了?我才七十八,能做的事儿可多了。老胡肃然起敬,您打车来的还是走来的?老太太指着路边一辆钢蓝色烤漆的哈雷,我骑摩托来的。老胡可吓一跳,您家里人不担心吗?老太太倒笑起来,这有什么可担心的?老胡心想我问得真多余。老太太没买着烧饼,笑眯眯地问,我预定俩烧饼怎么样?一个葱油的,一个白糖的。知道你这儿只收现金,呶,这是四块钱，我明早来拿，你给我留着。说完一扭头，跨上烤漆锃亮的哈雷，把挂在摩托车把上的头盔潇洒地套在满头银丝上，一踩油门，轰一声消失在光影里。老胡半天没回过神。

　　因为已经收了工，搪瓷缸子早早地收到案板下面去了，四块钢镚儿就留在老胡手心里，沉甸甸的。老胡掂着钢镚儿，愣神想了一会儿，才想起来，自己今年好像还没到四十八呢，比起那位七十八的老太太来，如何？想想，不觉摇头一笑，现在的年轻人，个个都是老灵魂；老年人呢，倒像是小年轻；他这样不老不小的，左右让人瞧不上，有意思。老胡嘬着牙花想心事，看一眼铺子前红了脸的槭树。一阵风起来，满树活泼泼的红爪直跳舞，不过比起很多年前，老房子窗口外面，火一样烧起来的那棵树，它可是红得含蓄多了。

逐 日

梦是私人的神话，神话是众人的梦。

——题记

梦　华

A

很多年后她的梦里还充斥着纷沓的脚印。它们把她的梦踩得支离破碎，也把她的身体踩痛了，痛得忍不住失声号哭。她从梦里惊醒，发现窗前落满金黄苍褐的梧桐叶。一夜秋雨让黎明显得更加深邃，锦绣的枯叶湿漉漉地贴着地面，沿阶铺满了小院。她叹息一声，再也无心睡眠。人老了，瞌睡自然少，她倒并不在意这具日益衰老的身躯被荒唐的梦境剥夺掉完整的睡眠。这些年来她总是做着这样身临其境的怪梦，梦里被纷乱的脚步踩踏得痛不欲生，她却不会感到应有的愤怒。不，愤怒，这种情绪对她而言太奢侈了，她还从未因为愤怒拒绝过命运，即使在那段最不堪回首的往事里。

她摸到墙角的一根拐棍，颤颤巍巍地站起来。一双三寸金莲滑稽地杵在地上，现在有了三支拐棍。她看着自己的脚，它们可真是小巧，落地时的接触面积不会比那支拐棍大多少。就是这双小脚，早先时候惹人艳羡，后来却遭到鄙弃，连她自己也恨起来，恼自己有如此一双秀气的残脚。不过眼下，她已经这样老了，她像接受命运一样接受了它们。一阵窸窸窣窣之后，它们踩在铺着锦绣落叶的石阶上，踩着清晨有点梦幻的山的影子，生出笃笃的回声。

她站在院子里仰头看看，天边寒星未落，挂着1932年秋天寡白的月亮。

还是一个多月前，老洪来过家里一趟。那时她大着肚子快要临盆了，不免唠叨了几句。老洪紫色的面皮涨得通红，却没有多余的言语，捋起袖子把家里的缸挑满水，又把劈柴都规整到灶屋后头，撂下一句："俺走了。"桂芝就不管不顾地跳上去，扯住他的袖子："你走，走了莫要再回来！"她两只好看的大眼睛忽闪忽闪的，长长的睫毛上挂着一点晶莹，让男人硬起的心肠一下子软下来。

"莫要闹哩。"老洪只好柔声哄她，队伍就歇在一箭之地的佛堂坳，太阳下山就要转移，眼下日脚已经转到屋后了。他撕扯着她黏上来的手，起先还有些顾忌，女人拧着劲儿不让，他力气渐渐就大起来，弄痛了她。女人早就蓄在眶子里的泪止不住地流出来，洒得他一身潮漉漉的，走了好远，心头还湿得难受。

景荣跟在身后，憨憨地喊了声："爹，你啥时候再回来？"老洪扭头，挥挥手，让他回去。他还是咬着指头跟着，不愿就此回到流泪的母亲身边去。近来母亲总是流泪，她告诉他，是叫灯油熏的，或是风大，或是烧锅的柴太湿了，总之柴米油盐风霜雨雪都有让母亲流泪的道理。才八岁的他懵懵懂懂的，并不晓得那些道理。可是到了父亲这里，母亲往往理屈词穷。方才母亲还气恼地失声喊叫起来："俺不懂那些大道理，你只说一句，是要劳什子的革命，还是要俺和景荣？"母亲用力把景荣往父亲面前推去。景荣吓坏了，一心想躲在母亲身后，母亲偏不让。她扯着他细瘦的胳膊，又拖又拽，挺起的大肚子吓人地横在他眼前,像座压得死牛犊的山包子,他不敢动了。

最后是爹把他拉过去,息事宁人地说了一句:"这是做啥子么,俺又不是不回来了。"

"你啥时回来?"母亲不依不饶。

"革命成功了就回来嘛。"

"要是不得成功呢?"

"咋能不得成功呢?"父亲的底气明显不足。

父亲和母亲就革命能不能成功的问题争不出名堂,在母亲看来县保安大队比起赤卫队兵强马壮,父亲他们根本没有胜算;父亲却说母亲的眼光短,这不是县保安大队和赤卫队之间的战争,而是反动政府和人民之间的战争。母亲就红着眼说,人民的锄头扁担,倒比政府的长枪大炮还硬?父亲不和母亲争了,关于革命能不能成功的问题不是争论出来的,得打仗,不跟着红军打仗,他就回答不了她的疑问。母亲还要说什么,父亲甩开了母亲的手,一步跨到门外。母亲哇一下哭出声来,父亲却挨了鞭子似的逃得更快了,眨眼已经穿过院子。母亲倚着门框喊景荣:"去,跟你爹走!"景荣就跟着父亲跑出来。

父亲挥挥手:"回去,景荣,和你娘说,爹很快就会回来。"景荣嘬着指头,一时没打定主意,是听母亲的话继续跟着父亲,还是听父亲的话回去告慰母亲。父亲板起脸,呵斥一句:"还不回去!"他便胆怯地住了脚。

桂芝倚着门框,身子软软地瘫下来。她想她还是不如他的革命,就算加上景荣,加上肚里的孩子,她还是拴不住他。那是个啥妖精啊?勾走了她的丈夫,她孩子的父亲。

日子往前翻,隔得不长,她还欢迎过革命。那时候满坑满谷的红军田,她指着立碑的土地跟老洪说,真是换了人间。那碑，后来被柯老三的还乡团砸得稀碎。"红军田"三个字四分五裂，东一块西一块地抛在荒野里。同时抛在野地里的，还有农会主席和妇女主任的尸体。只能算是残躯，桂芝不忍看，农会主席先是被点了天灯，剩下一口气，被丢出来，让狼狗撕了；妇女主任被赤身露体绑在河滩上，乳房被割下来了，还在叫骂……她骂得可狠，一条河都染了她的血，也不能让她闭嘴。到了夜里，河滩呜咽，没人敢去收尸，化成厉鬼的妇女主任就哭了整整一夜。

桂芝就是那时候开始担心老洪的，尽管老洪啥也不是，不过因为脚力健，给赤卫队抬抬担架，挑挑粮食。她给探家的老洪说，俺们不干了吧，犯不上搭条命。老洪不信她的话，仍旧大大咧咧的，去尿，柯老三蹦跶不了多久！

桂芝带景荣回娘家，父亲逮住活蹦乱跳的景荣问："你爹还在外面瞎跑？"这光绪二十二年的老秀才教了一辈子书，一双长满白翳的高度近视眼几乎要贴到外孙的脸上。景荣害怕地瞅瞅桂芝："俺娘不让说呢。"桂芝忙拉开景荣："爹，莫吓着孩子。"老教书先生长叹一声："罢了，你们当真为孩子好，就莫要把日子不当日子过。"桂芝因为小半年没见着老洪，心下正凄惶，父亲这一句，可捅在她心窝上了，她哇的一声哭出来："爹挑的好女婿，怎么又来派他的不是？"老教书先生一呆："当初只道他老实可靠，未承想，世道变了，他也变啦。"

教书先生揉揉昏花老眼，眼前白色的云翳让他看不清咫尺之地。他的耳朵倒不聋，好多似是而非的话传到他耳里，他辨得清楚明白。那些新式学堂里，带头起来闹学潮的正是他的学生。他摇摇头，这些昔日的莘莘学子，今日的青年教师，没有从他那里传承稳妥体面的中庸之道，而是嫁接了西人的激进哲学，成为一种重要的新思潮的传播者。他们甚至一度来游说他这个老师，言之凿凿地启发他打开世界的另一种方式。

他已然垂垂老矣，自然不会中蛊，但心中也难免疑惑。饱读诗书的他，并非一辈子读死书的书呆子，因而更加明白，思想对于读书人来说有多么危险。女婿是他众多学生当中的一个，只是因为家贫，仅靠赁来的几分薄田安身立命，没有机会从土地上走出去。当初老先生千挑万选，把女儿交付给他，多半还是由于洪家的家风纯朴，与土地建立了亲厚的关系，过日子不至于凌空蹈虚，陷于无稽的思想的汪洋。因膝下仅有一儿一女，老先生待女儿同儿子一般金贵，倒不图什么荣华富贵，他只希望她平安顺遂。如今，老先生要重新考量这种安全性了。

桂芝在娘家待得心烦意乱，父亲的话不仅没有给她以慰藉，反倒让她更加惶恐不安。她同父异母的兄弟桂堂，历来是个不安分的。父亲的学生里面，那些愈是闹得凶的，他愈是与他们走得亲近，打得火热。桂堂悄悄探头过来，神神秘秘地告诉姐姐，他们农校的马克思主义学习小组要捐枪哩，搞不好是掉脑袋的事。桂芝唬一跳，桂堂倒满不在乎，说这事只同姐姐讲，父亲并不知道。"我晓得姐夫在替谁做事，"桂堂眨眨眼，"他有好几个同窗在我们那里教书哩。"

桂堂说的是胡运之、方从山他们几个，和老洪同在桂芝父亲跟前读过几年私塾。老洪专事稼穑后，他们却去上海、武汉这样的大地方游历过，见识便大不一样。桂芝怀疑，老洪口中譬如"革命"这样幽灵般的词汇，正是胡运之、方从山之流教给他的，虽然他们也并没有见过几面。

"这正是让柯老三害怕的地方！"桂堂兴奋起来，青春洋溢的面庞上，泛出年轻男子恋爱时那样的潮红，好像他找到了使他动情的对象,"你信不信,一点火星子,就可以把整片山头烧起来。"桂芝吃惊地看着弟弟,高热的状态似乎让他头顶上蒸腾出一股逼人的热气。

但愿老洪莫要这样发癫才好。桂芝杌陧地想,老洪和桂堂可不一样,他不是十七八岁的愣头小伙子,他有她,还有景荣,他可不能这样莫名其妙地让什么"山火"给烧糊涂了。

可偏偏事与愿违。

打起仗来以后,她再见不着老洪。听说他们的队伍就在山头转悠,今天是白马寨,明天是燕子河,只是不见人。这莽莽苍苍的山体藏住了一切可疑的踪迹,不仅柯老三找不到"赤匪",桂芝也找不到自己的丈夫,不得不听天由命。有几回闹得狠了,柯老三还从外面请了人来拿匪,坡上捋一遍,谷底捋一遍,村里又捋一遍,烧的烧,毁的毁,凡有人的地方,莫不是鬼哭狼嚎。

桂芝拉着景荣,随着人群跑,东倒西歪,磕磕绊绊,如何也跑不利索。她的小脚这时候真是遭人恨。在娘家时的那一点矜持,现在全成了笑话。人家的大脚凌乱起来也还罢了,她细细碎碎的,又多了几分麻烦和难堪。有好几次,她被自己绊倒在地,连带着景荣也在地上打滚。一只脚没躲过她,狠狠地踢在她这块绊脚石上,又骂骂咧咧地跳过去。她赶紧用身子护住景荣,慌不迭地爬起来。

人群里有娃仔在哭:"娘吔!爹吔!"几十只脚踩过去,瞬间腔不成调,碎了一地。桂芝顾不得前后左右,只能把景荣的小手拉得更紧一些。他是她的命呢,宁可命不要了,也不能丢了他。于是母子俩紧紧扯拽着,昏头昏脑、跌跌撞撞地跟在人后面跑上山去。

山上啥都没有，吃的喝的穿的戴的都丢在村里，也不敢回头。回头就看见狼烟四起，家的方向都成了灰烬。那会子毕毕剥剥的火焰在身后汇成一条吞活人的火龙，大家伙儿只顾往山上拼了命地奔逃，哪里还顾得周全缸里的粮食、笼下的鸡鸭、圈后的猪狗？农人的那一点家当，也是不经烧掠的，眨眼就灰飞烟灭。

有人嘟囔："要死了呢，哪还有活路么！"

跟着就有了骂声："日你柯老三的祖宗！俺们找红军去。"

冷不防又有人蹦出来抱怨："还不是闹红闹的。"

"就是，害人哩。"旁边立刻有帮腔的。

也有披头散发疯疯癫癫的家伙，自顾捶胸顿足："乱世啊，人命贱得很哟！"

在酷烈的现实面前，人群很容易就像被砸碎的碑一样四分五裂。

桂芝脑子发昏，山高林密，云遮雾罩，一点光线也透不进来，看不清也听不清。在颠沛的汪洋里打着漩儿，这茫茫的林海让她仓皇得如鼠如蚁，全没了做人的方向。她只搂着景荣觳觫地想，老洪在哪里呢？

那段日子，做娘的都拿柯老三吓唬不听话的娃仔："柯老三来了啊。"

其实，做娘的比娃仔更惧怕这个魔头。好像柯老三一来就得死一回。

比死还可怕。好多女人被柯老三抓去，先是明晃晃的刺刀逼着问："你家男人哩？"要么就是："你兄弟哩？"不说，有让你好受的。说了，也讨不了好。左右是拿来杀鸡儆猴，衣裳剥了，赤条条地随那些兵油子腌臜取乐，完了像牲口那样捆上，卖出山去，这辈子再也休想见到丈夫儿女父母兄弟。

想想，桂芝就后脊梁上发冷，更加紧紧地攥着景荣的手不放。

景荣在她面前转来转去，小手拨拉着一根稻草，鼻头还点着一抹灰。"娘，爹可得回来呢？"他像小鸭子般跟在母亲身后，看她在砧板上当当当地忙活，又往锅里添水，灶里加柴。桂芝挺着肚子，眼底闪过一丝忧惧，但仍展颜笑了一笑："傻儿，哪个人不回家呢？等你爹干成了事，自然就回来了。""爹在干啥呢？""在……帮人找个叫'幸福'的东西。"实际老洪给桂芝说的是，"为苍生谋幸福"，这话文绉绉的，说给景荣也白瞎。"谁个丢东西了？"景荣追着问。"山里的穷亲戚。""那东西难找吗？""难找得很哩。"

B

很多年后他的梦里还穿透着炮弹呼啸的声音。那声音像是龇牙咧嘴地刻印在魂魄里，一刻挥之不去。隆隆的枪炮声不绝于耳，上天入地都逃不开，他想要躲过它，就得把自己埋进层层叠叠的尸体里去。可是他一个人的气力太小了，那么多的死人，横七竖八的，一条垒着一条，一摞垒着一摞，把他目力所及的坑谷都堆填满了。漫山遍野的尸体呀，蝼蚁一般，密密麻麻，挤挤挨挨。他搬不动那么多尸体，就得咬着牙，竖着耳朵，听枪炮轰鸣，凄声呼啸。

到现在他还忘不了那时的山，郁郁苍苍，缠缠绵绵，像女人的手，抚摸着相思的每一寸肌肤。尽管在平原地区生活了这么多年，崇山峻岭和戎马倥偬对他来说早就成了史前的记忆，可是，就像身体里残留的弹片，没有一刻他不与它共度人生。

他抚摸着身上的疤痕，腋下有一块，腹部也有，大腿那儿也藏着一块，还有脑壳上的头发窠子里也嵌了一小块，扒开花白的头发，还能摸到塄坎儿。肥厚的增生提供了一种滑稽的手感，伤口周边比他原本的皮肤嫩得多，又滑又腻。这些新生的皮肤因为迟到了三十年，总也赶不上其他组织体的生长。

他龇牙咧嘴地仰起头，好像这么多年过去，疼痛依旧新鲜。

他的身体是在西撤的路上被打成筛子的。

三千里刀山剑丛，他的脚掌烂得不成样子。作为担架班的班长，他脚下唯一的一双草鞋被荆棘沙砾刺穿磨透之后，只得赤脚负重前行。实际担架班里已经找不到一双好脚，他们和那些扛枪打仗的士兵不一样，他们的武器就是自己的血肉肩膀和一双粗粝的大脚。抬着伤员一口气要跑上六十多里地不下肩，老洪他们比起一般被要求轻装上阵的战士更辛苦。普通的步兵为了急行军，可以丢下大部分的辎重，担架班可丢不下肩头的重担。别的士兵伤了，可以躺上他们的担架，但是他们自己伤了，却只能咬牙坚持。

离家有多远了？不知道，只晓得日夜急行军，突围，转战，一路向西。模模糊糊的，似乎连绵的山体和隆隆的枪炮一起呼啸着，在身后成为愈来愈沉重的背景。

离家时他还是赤卫队员，四道湾那一仗狠狠打过之后，他就被吸收到红二十五军二一九团，成了担架班的班长。他被团长一眼相中是有道理的，十里八乡，谁不知道他的脚板厉害？从十六岁开始卖长脚补贴家用，他为了俭省，宁愿光着脚丫子在酷暑中烙铁般的虎皮石上踩出一条路来。不管肩上的担子多沉，一抬脚就是一百多里山路。可毕竟是血肉之躯，千里辗转，亦步亦趋，战马的铁掌子都磨破了，磨穿了，磨烂了，穿草鞋的人哪里吃得消呢？

和许多战士一样，每天都必须负重急行军的老洪得了烂脚病，一步一个血脚印。每踩一步下去，都像是踩在刀尖子上。就这也不能落下肩上的那副担架，为了和死神抢时间，他得扛着伤员跑赢这段崎岖的山路——大路都让给敌人了，得走小道，有时候根本没有路，红军筚路蓝缕，披荆斩棘，踩着竹签子甩掉围追堵截的敌人。

山水遥迢，看不到尽头，和他一道从山里出来的老乡王同喜，半道上便生了退意。实在是吃不消行军打仗的苦，脚丫子烂透了，还要冒着随时见阎王的危险。本来嘛，闹革命是为了有口饭吃，寻个活路，现在看来倒是自寻死路。王同喜瞅瞅身边的几千号官兵，个个面带菜色，疲于奔命，溜号的事时常发生，便寻思着，瞅个空把担架扔了，就像那些趁着黑丢下枪的人，至于革命嘛，多他一个不多，少他一个不少。

他可没想到老洪早盯着他呢，他一撒手开溜，老洪就上前揪住了他。

"咋的，想跑？"老洪一瞪眼。黑天里，他那双铜铃似的大眼够吓人的。

"班长，你行行好吧，放俺回家呀。"王同喜拍拍怦怦乱跳的心口，臊眉耷眼地直作揖。

"你咋恁糊涂呢！"老洪恼得一跺烂脚，"你瞅你回得去不？"

老洪说的是实话，红军一出来，就回不去了，一片连着一片的根据地，早给人端了。山上的红旗，先前那么耀眼地迎风飘扬，现在也都给拔了，山头光秃秃的，荒凉得没个躲藏的地方,回去就是送死。既然死都不怕,倒怕眼前这点苦,怕跟着队伍杀出一条活路?

老洪说得王同喜怔忡半天。夜里风呼呼地刮,刮得人心乱如麻,彼时又化做锋利的刀子,不要命地手起刀落,快刀斩乱麻。到天亮,又是山高水长。王同喜不大灵光的脑子一时转不过来这道弯,不过失去了这次溜号的机会之后,就没再打逃跑的主意。老洪的游说多少起了点作用,在釜底抽薪的革命道路上,死亡是一只可怕的拦路虎,挡住了怯懦者打退堂鼓的脚步。没有退路,从另一个角度来说,也就只能义无反顾。好歹读过几年私塾的老洪一针见血,在残酷的革命面前,的的确确"开弓没有回头箭"。

筒着袖子圪蹴在旮旯里,听着刀锋出鞘般的凌厉风声谈了一夜,王同喜到底回心转意,继续抬着担架上路了。老洪松了口气,别人溜号他管不着,他的担架班,可一个都不能少。他并不是个理想特别宏大的人,比起胡运之、方从山他们,他到底还是眼光浅,不然怎么束手束脚地抛不下老婆孩子?想起桂芝,他心里一阵钝痛,还有景荣,那个被他一脚踹翻在地上的孩子,要是当真回不去了,这孩子会不会一辈子记恨他爹哩?

当初去赤卫队,也是因为心里有一团火。胡运之、方从山他们从山外面带回来的新思想,让他觉得前三十年都白活了似的,原先抬头见惯的层层叠叠、茫茫苍苍的大山,也成了一重重压在他眼前、身上、心坎儿里的巨大障碍。他给桂芝说胡运之、方从山他们的进步思想,桂芝却显出忧心忡忡的样子。她到底是个小脚女人家,况且她嫁给他,老老实实做他的妻子、他儿子的母亲,十年里一心一意不过是锅头灶尾这方寸之地,面对命运的不确定性,难免疑虑重重。后来乡里成立了农会,打土豪，分田地，红色运动轰轰烈烈，她心里活泛些了，指着坡上坡下成片的红军田，兴奋地对老洪说："看来你们是对的，天下应该是老百姓的天下，不该是地主老财的。"老洪也高兴，一副"我早就知道"的得意表情，胡运之家是开钱庄的，方从山家的茶园方圆有百里，连他们也起来造反，要革自己老子的命，可见这场运动是席卷一切的"世界风暴"，从骨子里、根子里，打碎一个旧世界，建立一个新世界。

老洪和桂芝统一了想法以后，就兴兴头头跟着赤卫队进了山。临走那天，桂芝牵着景荣，站在屋前蓊郁的毛竹园里依依不舍地送别："俺等你呀。""嗯哪，俺打了胜仗就回来。"老洪觉得胸腔里的那团火烧得炽烈，抚摸景荣毛茸茸的小脑袋时，仿佛能切近地看到胡运之、方从山他们说的共产主义的世界——景荣就该在那样的新世界里，穿着干净体面的衣裳，念书，识字，学文化，不为吃饭攒谷这样的事发愁。

谁晓得山里的天变得快，等老洪再回转家来，桂芝就撕扯着不让他再跟队伍走。"你心里要是有俺娘俩儿，就不要再做这让人提心吊胆的事。"桂芝身上直发抖，提起"跑反"，眼泪就流下来，抱着老洪的胳膊拼命摇，好像来扫荡的不是柯老三，是老洪。

老洪牙齿咬得咯咯响，劝桂芝："别怕，俺们队伍还在。"

"管啥用呢？柯老三有枪有炮，"桂芝拿脑袋往老洪怀里撞，"你是有枪啊，还是有炮？"她知道老洪只管抬伤员，根本没摸过枪，故意拿话挤对他。

老洪有些懊恼："革命分工不同，俺肩上的担子比枪啊炮啊重得多！不说那，柯老三杀回来，这下你晓得阶级仇恨有多深了，不斗争，哪能行？"

"俺不是怕你斗不过,白白丢了身家性命?"桂芝赌气拿背对着老洪,"你要不是俺男人,俺管你!"

老洪讨好地掰桂芝的肩头,又毛手毛脚把她搂进怀里:"俺晓得,晓得哩!老话说得好,开弓没有回头箭,既然俺们跟着共产党,分了地主老财的田,那就一门心思,跟柯老三他们斗争下去。"

桂芝不服地噘着嘴:"俺们这就把田退了,过安生日子不好么?"

"桂芝呀……"老洪皱眉,"有了好处就上,吃了亏就往后撤,这……这还是干革命么?"

"俺不懂你的革命,俺只晓得好好过日子,现在日子过不下去啦!"桂芝又叫嚷起来。

老洪赶紧捂上桂芝的嘴:"好日子在后头,你信我。"

桂芝只能信老洪。这敦实的汉子生就一副说一不二的脾性,吐口唾沫砸颗钉,让人不得不信。尽管桂芝十分怀疑那套革命的大道理,但老洪既说了"好日子在后头",她便只有死心塌地地等。

等到老洪凭借一副铁脚板,被二一九团的团长从赤卫队里挑拣出来,转正为红军的担架兵,桂芝才发觉上了当。但那时已经晚了,老洪的性格因子里,结结实实地存储着一条道走到黑的决绝和极为朴素的价值目标取向,这些都是桂芝的柔情和眼泪拴不住的。他和那个为了挣一条活路而冒险前行的王同喜不同,忠厚的秉性和战争的严酷都不容许他偷奸耍滑,他愈来愈深地卷入到这场胜负难决的革命中去,愈走愈远……

抛妻别子,浴血苦战,老洪他们在颠沛流离中冲破一重又一重的封锁。在汉中,遇上空袭,敌人的炸弹疯狂地扔进未及隐蔽的担架队。顷刻，地动山摇，人仰马翻，凄厉的嘶鸣、杂沓的脚步，都被隆隆的炮火瞬间掩埋。燃烧的枯枝卷着弹片四处飞溅，裸露的弹坑让宽厚的大地眨眼变成丑陋的癞痢头。有一刻像是静止的，老洪飞在半空中，睁大眼睛——那支疲惫的队伍被那么稀松平常地扯碎了，像是惊涛骇浪中的一叶小舟，原先坚强有力地团成一个拳头般的武装力量，眼睁睁地碎成了人渣渣。

也就是在这时候，老洪遇上了梦里的妻儿。桂芝，桂芝，景荣，景荣！来不及想到宏大的革命理想，老洪才唤了一声，就被卷进炸翻的土堆石砾中。他眼前一黑，世界像是倾塌了，哗啦一下，把他埋进最幽深禁闭的底层。他简直没有任何挣扎的余地，动弹不得，全身的力气都被抽了去，软绵绵、轻飘飘地，整个儿世界颠倒了，倾圮的世界全都压在他的身上。世界的最底层是啥？老话说十八层地狱，那么是下了地狱，还是十八层的底狱……黑呀，真是黑，啥也看不到了，老洪瞪着铜铃似的大眼，终于，终于，倦得合上了……

等战友们把老洪扒出来的时候，他已经不省人事。没有任何生命体征的他，被毫无悬念地"牺牲"了。大家把他拖进死人堆，准备就地掩埋。王同喜扑上来，紧紧抓住他："老洪！你给俺起来！说好了杀出一条活路，咋的，先认厌了？"

王同喜死命摇着老洪，摇着，哭着，哭着，摇着，眼泪鼻涕飞在老洪的脸上、身上，飞在老洪的脑袋上。

渐渐地，那颗脑袋有了反应，说不清哪个血肉模糊的器官动了动。

王同喜先是以为自己看花了眼，停稳了不再摇老洪，才发现嘴角那里有了些许弧度。

疼？知道疼了？那就是还活着！

"俺的个天妈妈咪！"王同喜抱着老洪的脑袋叫起来。

冥冥中好像自有天意，被老洪一句话醍醐灌顶的王同喜，怎么也不肯相信为他指点活路的老洪会轻易放弃自己的生命，他硬是从死人堆中扒出了老洪。死里逃生的老洪应该感谢王同喜，或许更应该感谢自己，往往是这样，对于别人的帮助，最后成全了自己。抬了别人一路的老洪，这回躺在了别人抬的担架上，平生第一回不用自己的脚板走路，稀里糊涂地再次一路向西。

AB

那一年，红军走了。

没有红军的苏维埃，是一个任由国民党宰割和凌辱的软弱妇人。和所有的苏区一样，还乡团鸡犬不留地杀进这个小小的村落，一时间狼烟四起，空气中弥漫着浓烈的血腥味。

周围的群山沉默了，血红的太阳呼应着熊熊的火光，把仇恨和恐怖投射在群山的沉默上。近来它们见惯了国共两党之间的厮杀，每一次拉锯都是血灾和火海，奇怪的是，越杀，越烧，那颗红色的种子越是顽强地生长，好像要把整个翠峦叠嶂的大山变成赤旗猎猎的红色山头。但是这次，那些挥舞着红旗的人好像失败了，他们马不停蹄地突围出去，甩掉了重重追兵，也毫不吝惜地甩掉了他们的根据地。这下，留在这片土地上的亲人们可遭了殃。

家，就是这时候被一把火烧掉的。它是匪窝，不配在青天白日下存在，烧掉它，就是烧死那颗红色的心。与此同时，搜捕和屠杀也开始了。

桂芝这时候特别痛恨自己那双曾经引以为傲的小脚，它们太碍事了，跑又跑不动，挪又挪不开，每一步都让她钻心地疼。加上抱着一对尚未满月的双胞胎，还要牵着景荣，她歪歪扭扭的步伐显得那么拖沓和可怜。她恨不得生出一双像丈夫那样的大脚板，挑上一副利落的担子，把孩子们担在柔弱的肩上。可是，她只能颠着小脚，抱着孩子，仓皇而滑稽地出逃。

丈夫是秋天走的，走的时候连声招呼也没打。这年真怪，好像他一走就落了冬，大雪下来了，真正的鹅毛大雪，铺天盖地的，把桂芝的天和地都结结实实地埋了，她看不到一点出路。她的心是被冰封住了，从秋天里就冷得打战，一对来得不是时候的双胞胎，讨命鬼般地嗷嗷待哺，她急得淌眼泪，奶水却淌不出来。大雪封山以后，吃喝更是难觅，她躲在洞里，能扒拉出来的，只有枯枝败叶和孩子的哭声。

挤不出一滴奶，她愧疚地看着怀里皱成一团的黄巴巴的小脸儿，心里难受得要命。真是要了她的命了，这个身陷绝境的母亲欲哭无泪，眼看着孩子的呼吸一点点弱下去，她无能为力，唯一能做的，就是紧紧地抱着他们……

他和她抱头痛哭，这幅画面如梦一般。他摸摸她的脸，还是他离家时光溜溜的脸蛋子；她扯扯他的腿脚，还是她送他时全须全尾的样子。

她不晓得此生可有这样的一天，于是痴痴地等。一直等了他十年，没有等到那一天，终于，她醒了过来。

这天她推开门，见景荣攀在半截土墙上和他陈叔说话。两人头抵着头，嘀嘀咕咕的，见她出来，就歇了。"你俩嘀咕啥哩？"桂芝仰头问。秋天的太阳镶金戴银的，炫目得很，她只好抬起手臂,遮挡住睫上毛茸茸的芒刺。景荣"哧哧"笑一声,从墙头滑下来:"莫得啥哩,俺和陈叔后晌去镇上。"

隔壁陈福是老邻居,当年两家房子烧成一堆灰,手搭手再建起来,还是邻居。其实她嫁过来的时候,他就从轿帘里偷偷瞧过她。只是那时他还是青皮后生,多少晓得臊。往后的日子轻快得很,并不因为过得艰难而停滞在那里,她怀景荣,生景荣,养大景荣,陈福都看在眼里。他眼红哩!她生下景荣的第二年,他也娶了房媳妇,只是病恹恹的,左腿还不大灵光。就这,也花光了陈家的积蓄,因此不能抱怨,只能待媳妇好,指望日后也能生个大胖小子。谁想病恹恹的媳妇总也养不踏实,起先还掩着嘴、捂着心口咳,渐渐帕子也包不住了,大口大口地咯血,终于撒手归西。

陈福是桂芝见过的最没脾气的男人,有时候她都觉得他不像个男人。可就是这个不像男人的男人,在她最难的时候帮衬着她,把支离破碎的日子补缀起来,多少像个样子。景荣算是没吃太大的苦,她忧伤地想,就算老洪还在,也不过就是给口吃的,把他拉扯大。她算对得起老洪了,这条根到底没断在她手里。

那对双胞胎可没那么幸运。

生下来,老洪没见着面就跟着部队走了,桂芝幽幽叹口气,想老洪大概从没惦记过那一双儿女。也罢,没出月子就殁了的孩子,进不得祖坟的,况且是那么难的日子,命贱得不如猪狗。那阵子天天"跑反",多亏了陈福。她光顾着怀里这一抱,差点丢了景荣,是他领着景荣躲了几天几夜。她急得团团转,又莫得法,稀稀拉拉的奶水一下子就断了。原本就不怎么下奶,大人都莫得吃的,哪里有奶水哟!桂芝捶着自己干瘪的胸,哭又哭不得，喊又喊不出。山下，烧村的火光还若隐若现，她只有搂着怀里的一对双胞胎，眼看着他们气息奄奄的小脸，红了，紫了，青了，白了……

母亲的眼泪就是那时候流尽的，等她失魂落魄地回到山下，见到景荣的那一刻，便发了疯地一把将景荣抱住了，恨不得立时把他塞回到自己的肚腹里，才好保他的周全。她嘴唇哆嗦着，喃喃发着梦呓般的咒："景荣，景荣，你要好好的，好好的呀，娘的命给你，都给你……"

景荣长到十八岁，她心里还忐忑着，生怕有啥闪失，在她眼里、心里，满满的都是景荣，只有景荣。做娘的，和做爹的到底不一样，她想不通当年老洪怎么舍得一脚踹在孩子的心窝上。那一脚踹出去，他昂头走了，可想过他们孤儿寡母半分？

屋前那片蓊郁的竹林也许能够读懂老洪曲折的心思，它们掩护着他并不高大的身影，就这样从一片摇曳的绿影深处悄悄绕开了家人望眼欲穿的思念，绕开了产后极度虚弱的妻子。

1932年秋天，那个一心盼望丈夫能从部队上回来看一眼的妇人刚刚生下一对双胞胎，孩子才十六天大，尚未得到过父亲的爱抚，父亲一声不响地就要远遁。

那天，年仅八岁的景荣跑出来看热闹。乡村里有许多稀奇的事，但没有哪样比一群老实巴交的农民跳出来与地主老爷打架更让人惊讶。他们集体意识的骤然苏醒还只是最近的事，但很快就发展成为一股势不可当的大潮。现在这大潮扑过来了，黑压压一片人头，说不清有多少人参与其中，母亲告诉懵懂的景荣，去，把你爹找回来，他一准在队伍里。

于是当见到一条长龙似的队伍从他们家门口蜿蜒而过时，景荣奋不顾身地倒腾着两条细弱的小腿追上去。他抿紧嘴巴，睁大眼睛，追逐着，奔跑着，到底在人群中发现了垂头缩脑的父亲。

"爹，爹！"儿子一边哭一边喊，奔到父亲面前，"回家哩！"

内疚的父亲有些心虚地把眼神撇开了，他不敢看儿子那双黑漆漆、毛茸茸的大眼睛，它们扑闪扑闪的，像要把他的身子和心都整个儿扑进去。

儿子看不懂父亲隐忍的"绝情"，他还扯着父亲的衣角，跌跌撞撞地跟着跑："爹，爹，回家哩！"父亲对他不理不睬，这让他更加汹涌地号啕起来，"爹啊，爹——"

孩子幼嫩的哭声拖着腔儿在队伍里横冲直撞，撞得同行的人耳膜都痛了。人们的心也跟着揪起来，又酸又痛，纷纷地劝："老洪，回吧，回去看看。"

那个被称作老洪的寒着脸，回头看了一眼哭成泪人的儿子，马上又挨了蜇似的别过脸去，加快了脚步。他心里明白，不能停下来，停下来就再也走不动了。儿子的眼泪已经让他受不了，要是回到屋头，看到妻子的眼泪，他还能跟上部队么！他不怕敌人的子弹，就怕女人的眼泪弹子。那时他还不知道此去经年，山高水远，队伍上上下下都统一了认识：这次战略转移迫在眉睫，要不了多长时间，咱就狠狠地打回去！

八岁的景荣可顾不上琢磨父亲曲折的心思，他要他的父亲，这要求既简单又直接，如果不能得到满足，他就要孩子气地一直哭闹下去。他扑上来抱住父亲的大腿，不让他走，就不让他走！

老洪一惊，孩子发了疯似的扑上来，他的一条腿被死死抱住了。战友们一个个从身边走过去，自觉地绕开了这个窘迫的父亲。老洪心里又急又疼,眼看着队伍越走越远,终究不敢再犹豫,一脚把孩子踢到路边……

被踢了一脚的孩子呆呆坐在地上,他刚刚换了乳牙,现在那颗新出的门齿却不知怎么磕掉了,嘴里顿时淌出血来,把他吓坏了。止不住的泪水和着漫天扬起的灰土,把那张抽搐的小脸涂得花里胡哨。他想不通父亲为什么如此狠心,多少年以后,长大成人的他和自己的儿子说起这段往事时,也还抱着天大的委屈,好像那一脚踢在心窝上,一辈子也消不掉心口上的那道钝痛。

老洪为这事也痛了一辈子。

1949年,仗才算打完,离家十七年的老洪才有机会从隆隆的枪炮声里彻底脱了身。他,得回家了。山坳里的那片竹园还在,这么多年风风雨雨,竟还翁郁得不像话。只是房子眼生,不是他离家时的模样。院子好像大了些,门开得也不是西南方向。老洪疑疑惑惑地上前拍门,门里却听不见动静。

远远地,一个挎着竹篮的小脚女人的身影一摇一晃地走过来。老洪只瞧了一眼,就认出那正是被十七年遥迢的岁月从缝隙里丢出来的桂芝!他激动地迎上去,然后不声不响地停在她面前。

埋头走路的桂芝吓了一跳,一个陌生男人挡住了她的去路,她闹不清他是无心之举还是有意促狭哩。可是,慢着,等她把那张满是沟壑的脸细细瞅一遍,就从那难言的沧桑里面认出了他。天哪!竟然是他!她一步没站稳,跌坐在地上。不,不可能!她固执地摇摇头,随即爬起来,跌跌撞撞地朝家里奔去。

天杀的!她砰的一声把大门关上,跟上来的老洪碰了一鼻子灰。接着,就听到门里传来女人透不过气的哭声。"你开门呀，俺有话跟你说哩！"老洪举起拳头就砸门，压抑的哭声让他的心一绞一绞地痛。女人见了他一言不发，掉头就躲进门里哭，她是受了多大的委屈呀。

"你开开门吧，"老洪乞求道，"那一年，你才生下孩子，俺就狠心离开了你，这一辈子，俺欠你的太多了……"老洪哽咽地搅起沉渣般的往事，让门后的女人的哭声更加汹涌。时间似乎静止了，凝结在一种稠厚浓烈的悲怆里。他固执地要把十七年的思念和愧疚都说给她听，尽管经历了那么多没有他分担的苦难，她也许并不在乎他的忏悔。

良久，她终于抽噎着说："你走吧，俺没脸见你……没法子，两个孩子，连名字也没来得及取，就……托生了……为了把景荣拉扯大，我才……"

老洪一愣，接着使劲拍门："你开门，让我好好看看你，你开开门呀……"

门没开，始终没开。老洪的嗓子眼里都冒出血腥味儿了，号啕大哭的桂芝也没放他进门。就这样，一个在门里，一个在门外，把一辈子的相思和忏悔都喊完了，哭完了。

秘　战

西窗的海棠有年头了，还是祖父亲手种下的。老宅倾圮于流年之后，只有那株海棠留了下来。淑媛坐在窗口，侧耳去听树下年轻姑娘嬉戏的声音。风吹落花，簌簌而动，暮春甜丝丝的暖风沁在傍晚的夕照里，仿佛温润的古玉肌底若隐若现的淡红纹理。姑娘们的笑声浮漾在春风夕照的卷轴上，那是她的孙女儿们，让她想起了自己的十八岁。那些青春的脸庞被温柔的晚风轻拂过后，发出光来，呈现出好看的玫瑰色，与窗边的海棠一齐争奇斗艳。

十八岁啊，她可没有她们现在这样包臀的牛仔裤和马海毛蝙蝠衫，不过也很美，青春总是美的。就像流泉，像明月，像清风拂过山冈，一切的朦胧和怦然心动，都写在饱满多汁的青春里。岁月如流，却永远有关于青春的沉淀。淑媛微笑地看着窗前的孙女儿们，满头银发被习习的晚风吹出蓬松的一朵白云。

云下有梦。

一件白洋布褂，下配一条及膝黑裙，很长一段时间淑媛都是这副标准的学生打扮。那时她整日像做梦似的，在葱郁的青春里遇见了炽烈的爱情。只是这一切都像悄然绽放的花蕾，全然是一个人的秘密。她无法将它公之于众，怦怦的心跳，绝不允许第二人知晓。她几乎一生都在从事这样隐秘的事业。而这事业的发端，要从遥远的十八岁溯起。事实上那时候整个县城像她这样的女学生还不多见，民国政府虽主张开放风气，但那都是大城市里的做派，单是送淑媛去女子高小读书，已经够让周围的人羡慕的了，况且她后来还去了笔架山农校。

也是仗着老太爷宠爱，淑媛比堂姊妹们都大胆些。她敢将狗尾巴草递到倚在太师椅上打盹的老太爷的鼻子底下去，居然没有人跳出来派她的不是。大抵是同族的姊妹们念她父亲早逝，便允她在祖父面前独得一份宠爱，也不与她争。这养得她越发地骄傲起来，什么都不大放在眼里。高老太爷在县衙门里供职，原本就是族里德高望重的人物，他娇宠他的孙女儿，高家便没有一个人敢说淑媛不得体。十八岁本就是爱做梦的年纪，她有时说一些疯话，做一些出格的事，祖父假装板起脸来训斥几句也就罢了，并没有人当真。

可在淑媛看来，高家几进的深宅大院，依旧是一头礼教森严、吃人不吐骨头的庞然怪兽。

她在西窗的海棠树下和堂姐淑贞说起姑姑的事，黑色方口猪皮鞋踢着足边的卵石，年轻的脸庞因为激动而泛出绯红，愈说愈是义愤。淑贞摇摇头，拿眼色示意她小点儿声。

"为什么要小声？青天白日的，难道不该理直气壮？"淑媛对淑贞的谨小慎微不以为然。她们姐妹俩前后脚来到这世间，对于人生的理解都不过刚刚十八个年头，却分蘖出迥然有别的性格。

被淑媛一吼，淑贞的脸也红了，低声道："我们这样说，总归是不好。"

淑媛这才认真地打量了一眼这个惯于待在阁楼里绣花的姐姐，嘟着嘴降下调门："我们说说便已经不好了，可他们逼得姑姑去死，难道是好的？"

"那个……他们……"淑贞小心地斟酌着词句，"这……世上不好的事情太多了，我们只需管好自己。其他的事么，譬如日月星辰，你管得了它们东移还是西进？"

淑媛立刻提起气来辩驳道："你这样说便没有道理啦！姑姑的事，怎么是其他的事？它就真真切切地发生在我们身边，并且也很有可能，不久之后就发生在我们的身上。倘若下一个便是你，你可还冷得起心肠说它不过是'其他的事'？"

"我不是冷心肠，"淑媛幽幽叹息了一声，"只是，我们都没有力量掌握自己的命运。"

"不，我要掌握自己的命运。"淑媛重重地在胸前握了一下拳头，"像男子一样！"

她这样说，可不是没有道理。尽管高家从未出过一个忤逆的子孙，可是到了她们这一代，一切都变得不一样了。就在中华民国政府开启新纪元的同一个年头，淑贞和淑媛呱呱坠地，同岁的她们似乎代表着新旧的割裂和断代。现在青春逼人的淑媛在淑贞耳边气息澎湃地说："旧的总会被新的埋葬，你是同我一起，做埋葬旧世界的掘墓人，还是自掘坟墓？！"这可把淑贞吓坏了，她战战兢兢地扯着淑媛的衣袖，求她莫要说胡话。可是淑媛已经折下了一枝海棠，接着拱起膝盖，啪地一下又折断了手中的断枝。

她们关于姑姑吞金自杀的争论戛然而止。

这原本是个悲伤的话题。那一年，和淑媛、淑贞感情甚笃的姑姑尚待字闺中。姑姑正值豆蔻年华，在她们心里，姑姑那么美，又那么温柔，是集全天下的美好于一身的女子。但就是这样一个美好的女子，却因于封建礼教的樊笼，因未婚夫死于恶疾，竟吞服黄金和鸦片，以死守节明志。姑姑的死亡是华丽的，黄澄澄的重金属和黑漆漆的鸦片膏为她铸造了一扇精美的屏风，挡住了未来岁月的叵测和一个未过门的寡妇可能会经历的所有是非。高家请来了乐班响器，入殓哭丧，像筹办一场盛大的婚礼一样，为这位震惊四乡的"烈女"操办了一场盛况空前的葬礼。

不知道姑姑的内心曾经历了怎样的凄凉和绝望呢，为了一个在她生活中从未出现过的、近乎虚无的夫婿，姑姑放弃了自己鲜活的生命。那正是如花的年纪，她的开放却好像只是为了凋零，向无数冷漠的旁观者展览了一次，便香消玉殒了。伴随着姑姑的名节被广为宣扬，淑媛的悲伤竟逐日漫漶成一种莫名的愤怒。流年之后，已经和姑姑当年一般年纪的淑媛和淑贞，迎来了她们民国十八年的春天。是像姑姑那样安守一个女子的命运,阻止生命的本体向上生长,还是做一颗不甘沉沦的种子,在看不见自我的黑暗中破土而出?淑媛心底深处那久被压抑的执念,不可遏制地爆发了。

这个春日的午后熏风醉人,整个高家大宅都昏昏欲睡,并没有人听到两个年轻姑娘的私语,但淑媛的豪迈情怀遽然膨胀起来,一刻也不能耽搁似的,恨不能让全世界听到她内心的爆破。

她要走出这被封建伦理重重包裹的木乃伊般的地主家庭,去过她向往的新生活!

不过,这样美好的生活着落在哪里,她暂时并没有明晰的方向。

唯一使她感到确定无疑的,是首先必须把自己的双脚抬离原地。就像那位叫娜拉的女士,她并不是考虑好了出走后的落脚之处,才走出家门的。而这正是娜拉女士的勇敢之处。鲁迅先生说娜拉出走之后,不是堕落,便是回来,这根源于现实的严酷,因而更需要类似"无赖"的韧性,去持续不断地战斗。这些都是淑媛从农校的青年教师方从山那里得到的教诲,她深以为然。

在淑媛眼里,方从山大抵是这样一个人——桀骜不驯而又温润如玉,是可以为信仰而怒发冲冠的谦谦君子。她亲见他把县教育局的洪科长骂了个狗血淋头,只因为洪科长随口一句"打官司么,有钱就有理咯"。她还从未见过他这样的人,举手投足都是——她简直找不出合适的措辞来描述他,只能用她见到他第一眼时的感觉来附会——光。

他是她的光。

后来她才知道这个二十六岁的年轻人在武汉念书时就加入了共产党。他先后在黄埔军校和农民运动讲习所系统学习过军政知识，早在国民革命军的"北伐"中就显示出了过人的才干。"四一二"政变后，他被上级派往家乡继续从事革命活动，在笔架山农校任课不久，便以黄埔军校生及国民革命军第三十三军第三团团副的身份，进入国民党县党务指导委员会就任执行委员，并随后组建商团、民团等地方武装，亲任团总之职。

她可不在乎他的履历，她只是一心听他的话。

她听他说，"妇女解放是革命的重要部分"，她便要站出来终结包办婚姻的悲剧。

她听他说，"只有消灭封建剥削制度，才能实现人的平等和自由"，她便回去要求祖父开仓放粮，坚决不做土豪劣绅。

她听他说，"闹革命，光搞鼓动和宣传可不行，还要有自己的军队"，她便恨不得自己也变成他手中的一杆枪。

他说什么她都信。

其实方从山的话很多是经不住推敲的。因为那时候并没有一个现成的"共产主义"，他们所热衷的"革命"往往呈现出复杂而模糊的面目。仅就方从山的身份而言，就很难分辨他在暧昧的历史空间里到底存在着怎样曲笔的裂变。一辈子信奉"难得糊涂"的高老太爷，对掌上明珠也只好苦口婆心："此一时，彼一时，你不要听他们瞎忽悠。"从清朝衙门到国民党政府，祖父一直在替官家做事，经见的风雨已将他浸染得世故而颟顸，淑媛却听不进这些。对于革命，她只抱有蒙昧的幻想，还谈不上什么政治觉悟，所以也不会由此及彼地企图厘清历史的脉络，洞悉历史的走向。她只觉方从山的每一句话都那么好听，直说到她的心里去。

她将祖父的话说给方从山听，说他的革命是痴人说梦。方从山却粲然一笑："人人都做这样的梦，便可成为一项壮丽而伟大的事业。"

方从山是她的老师，那么他一定是对的。她目不转睛地盯着他在讲台上的身影，及至后来在生命的最后节点，她的目光一直追随着他，从未偏移过一丝方向。

她是在他的介绍下加入共产主义青年团的。这可以算作她一生中最明亮的时刻。那一刻她与他贴得那样近，她几乎可以听到他有力的呼吸声。他深长而均匀的呼吸拧成一小股旋风，从侧面吹过来，撩起她的发梢，在她的脸颊处搔来搔去。她立刻陷入了幸福的眩晕，有那么一小会儿，竟然以为那庄严的宣誓是因为爱许下的诺言。随即她醒了过来，脸颊发烧，灼烫得吓人。他愕然问道："你怎么了？""唔，我没事。"她慌乱地把碎发掠到耳后，耳根那里也红了。

这是他们的身体距离最为切近的一次会面。很多年后她想起他的模样，还是由那深长而均匀的年轻男子的呼吸进入到画面，氤氲着神秘的荷尔蒙的气息。她的心脏怦怦跳得厉害，却没有人知道它为何跳出了那样奇异的频率。连他也没有发觉，她的激动和紧张有些奇怪，那并不像是出自一个信徒的忠诚。他向她微微笑了笑，表示理解，他以为她全身紧绷的状态是因为正在从事的地下活动。事实上她一点也不害怕，不，他就在她的身边，她还怕什么呢？

这一年的五月，完成力量积蓄的方从山利用手中的枪杆子挑开了山乡起义的序幕。

然而三个月之后，身份暴露的他就不得不转移到省府。几乎是与此同时，淑媛也被迫转移，成为省立女子职业学校的一名学生。但省立女子职业学校的学籍,只是为她解决了表面上的身份问题——方从山通过社会关系找人代考,让她在省府获得了合理合法的居留权,实际上淑媛从未去学校上过一天的课,她根据当地党组织的安排,暂住在学校附近的江淮旅社,每天的工作就是和几位女伴一起到街上散发传单,张贴由共产党起草的《告士兵书》。

对于淑媛来说,这一切来得太突然了。她还没有准备好从一个家境优渥的女学生,转变为在白色恐怖中从事特殊工作的地下党。不过这一切在革命面前又都算不了什么,或者说,在与方从山同志一起从事革命工作面前,一切的危险和考验都不算什么。随着"肃清共党分子"的政治形势越来越严峻,淑媛几乎可以认定,他们从事的神圣事业正在浴血开出艳丽的花朵。她不能退缩,因为他就在她的身边。

这种严酷的地下环境,似乎很容易让她把他们的并肩作战想象成一株槭树与另一株槭树的握手,鲜红如血的诗意,反倒使她更加陶醉于青春的恣肆当中。她有时怀抱着一个人的兵荒马乱,默默地念起他的名字,想到革命成功以后他们幸福的模样。有时她又想,这是一个多么美丽的秘密,并不需要什么额外的"幸福"来做不相干的证明。不,她倒可以凭借她心中满溢的幸福,来证明她的不为人知的秘密。她多么钟情于自己爱他的心,这也成为她的信仰,和共产主义一样。

事实上她和方从山并没有太多见面的机会。自从离开笔架山农校,方从山一直在从事兵运工作,他们仅有的几次会面,都是匆忙、紧凑而罔顾个人感情的,甚至逗留一会儿,谈一谈师生情谊,也显得不合时宜。更多的时候,她和他保持着一定的距离,和其他同志们一起严肃地围坐在他身边,接受工作部署或者讨论近期的工作问题。就算这样她也很满足,她本来就是个安静的姑娘,能够安安静静地待在角落里阅读他眉间的峰峦和唇边的波纹,已是令她窒息的幸福。

怀抱着这样丰腴的幸福,她陷在一个人的恋爱中,直到那一天。

她给自己悄悄留下了一份《告士兵书》。因为它的主要起草者正是方从山。她预备在晚上休息时仔细阅读,认真学习这份共产主义宣讲材料,好好消化一下。革命的激情和理想的憧憬让她很少思考个人的前途和得失,甚至,照顾自己的情绪也有可能亵渎那份神圣的情感。白天的街头纷扰而躁郁,到处都是冷漠的路人和持械的军警,她几乎找不出静美的时间,来细细品读那轻轻跃动在字里行间的温柔心跳。那是她的另一重教义。

她喜欢一灯如豆,在摇曳的灯火下触摸内心那一点可以暂时被称作"柔软"的东西。毕竟,在宏大的革命语境下诞生的那种坚硬如铁的刚强,无法覆盖生命全部的底色,一个女孩子,到底还是需要这样的柔,这样的软。从寒风呼啸的冬日街头传来的犬吠声未能引起她的警惕,她弯下腰,预备取下绑在腿上的《告士兵书》。乌黑的齐耳短发调皮地跑到了她的脸颊前,她随手将不安分的头发勾到耳后。也就是这个无意间的动作,巧妙地掩饰了她的身份——当凶神恶煞般的军警破门而入时,她还没来得及取下绑在腿上的"罪证"。他们冲进来,不由分说地逮捕了她,理由是有人举报"江淮旅社有可疑分子出入"。

那晚的灯影和人声瞬间就被慌乱踏碎了,一层楼的人几乎拥在一起,发酵出摩肩接踵的热闹。大家挤挤挨挨、骂骂咧咧地被军警推来搡去,接着被带到更加热闹的门厅,逐一进行身份验证。淑媛还没有经历过这样的阵仗,她太紧张了,以至于胸腔中心脏咚咚狂跳不已。那颗心脏似乎兴奋地在她的身体里狼奔豕突，怎么捂也捂不住。她担心它有可能跳出来，因而暴露自己的身份。但它只是让她面色苍白，膝盖颤抖，背脊上冒出冷汗。她快要虚脱的样子引起了军警的注意，一个唇上有髭的军警乜斜眼打量她，狐疑地问道："丫头，从哪来的？"

"山南。"淑媛喉头发紧，但还是尽量让自己的音色听起来不那么僵硬。

"山南？那里最近闹得够厉害啊。"门厅里乱哄哄的，军警把帽子摘下来，抹了把额头的汗，"奶奶的，人一多，热得招不住。"

"我……是来考学的。"淑媛瞪大眼睛，"我是省立女子职业学校的学生。"

"喔唷，从山南跑到这里来上学，家境不错吧？一看就是娇滴滴的小姐……"楼梯那边有人喊"老吴"，于是"老吴"暂时放下淑媛，颠颠地跑了去。

淑媛松了口气，虽然从参加革命的那一天起，就随时准备着为革命流血牺牲，但那种未经实践的心理"准备"，似乎一旦面对突发状况就变得不大管用了。她有些庆幸"老吴"的不负责任，他没有把她放在眼里。她确实不值得他浪费时间，反正打山南过来的，一律押起来就对了。这时候她还不知道，由于从山南地区逃亡至省府的地主豪绅的指认，方从山已经被捕。

很快，淑媛就被投入了国民党的大狱。

这是她第一次被捕入狱。尽管在日后漫长的岁月里，由于秘密战线的特殊性，她不止一次地吃过国民党的牢饭，这几乎成为她的履历，但这次经历还是令她印象最为深刻。

人，总是对第一次记忆深刻。

没有任何斗争经验的淑媛此刻最为担心的是，如何处理掉身上的传单？如果暴露身份，又该怎么办？她被极度的紧张和恐惧包围着，食不下咽，夜不能寐，到处都有军警的严密监视，棉裤里的那张《告士兵书》怎么也没有机会丢出去。就要过堂受审了，淑媛那张原本青春红润的面庞此刻已经面无人色，十八岁的姑娘心里在想什么呢？是为女子解放事业遇到的艰难险阻发出悲悯的叹息，还是为个人命运被随机地捆绑在集体乌托邦上而感到生死未卜的焦虑和惶恐？

就在那根紧绷的心弦即将崩断的一刻，淑媛看到了方从山。

在看守所阴森的甬道里，他提着脚镣，态度从容地从她身边踱过。她从黑乌乌的铁栏杆里望着他，一颗心蹿到了嗓子眼儿。原本她已经完全陷在黑暗里，犹如一座枯井，头顶被一块巨石绝望地压住了，看不到一点希望，现在一道光从井壁投了进来。她凝望着他的身影，如饥似渴地追着那束光，一点点地，一点点地，近了，近了。

他也来了！她眼含热泪地想，居然一点不再感到恐惧。

他还像从前那样举止从容，英气逼人的双眉下，寒星般的眸子遥远而深沉，望向她的时候，眼底划过一丝柔情，那是对她最大的褒奖和鼓励。

这个年仅二十六岁的年轻人在精神世界领先了她数万里，但现在只是先一步被提审，似乎就是为了帮助她这个无知的姑娘而特意放慢了疾驰的脚步。他走过她身边时，压低嗓门悄悄递出一个口信："你只是个学生，来考学的，不要乱说。"

她嘴唇哆嗦着，怔怔望着他。他眼睛里似笑非笑的光芒灼得她的神经一跳。

那天她听见了他在提审堂上痛快淋漓的骂声。"祸国殃民！"他这样痛骂国民党反动派。几个杀气腾腾的军警扑上来，把他按倒在地，然后是拳棒的毒打。她的心跟着抽紧，痛得不能呼吸，竟情不自禁地失声而哭。"到底是娇滴滴的小姐，经不得吓的。"有人这样误读了她的眼泪，摇头咂嘴地取笑了一番。

之后她再见到他，他已经被血水浸透了。甬道里拖过一条长长的血痕，她望着他消失的方向，灼热的脸颊贴在冰冷的铁栏杆上，听到刺啦刺啦的声音。

轮到淑媛了。

"你是不是共产党？"

"共产党是什么？"她好像真是听不懂他们的问话。

"那你是不是国民党？"

"什么是国民党呀？"

说到底，十八岁的淑媛对于革命确实是懵懂甚至无知的，她全部的经验都来自本能的想象。再则，就是受到了方从山的影响。她觉得他是用生命保护了她，而她一定不能辜负他。这种谈不上方式方法的斗争，对一个有经验的地下工作者来说，是极为可笑的，然而从未接受过特工训练的淑媛，认定这正是她战胜恐惧和敌人的唯一斗争方式，或者也可以说，是爱的方式。

幸运的是，第一次提审就这样被糊弄过去了。

现在淑媛唯一担心的是如何处理掉那张塞在棉裤里的《告士兵书》。

看守所里的被褥潮湿而板结，散发出一股难闻的霉味儿。不过这张被子下面，是唯一的私人空间。晚上淑媛躲在被窝里销毁"证据"，她把传单搓烂后攒成一团，趁着夜里解手，偷偷丢在马桶里。可是天亮一看，天哪，纸团漂在马桶的粪水上载浮载沉,煞是生动。太缺乏斗争经验了,淑媛心急如焚。她主动要求出去倒马桶,却被看守的婆子拦下来。号子里有专门值日的犯人,还轮不上她当积极分子。她只好盯着值日的牢友拎着马桶出去,一颗心悬在嗓子眼儿。好在,敌人的斗争经验也并不都那么充分,马桶拎出去,又拎回来,空空如也的马桶似乎守口如瓶,这件事就这么消弭于无形。

很多年后淑媛回忆起这段的时候,仍觉得自己实在是走运,好像是,一个演技拙劣的演员头一次登台表演,却因为观众的愚蠢而大获成功。她找不出合适的词语来描述自己的心情,除了庆幸之外,一定还有些别的什么,但是这还远远不到总结的时候,她忐忑地想,方从山怎么样了?他自从被提审后就销声匿迹,好像根本不曾出现过。她记挂着他寒星一般的眼眸,以及眼底划过的那一丝温柔。他是为了她才出现的吗?为了给予她勇气和希望,在迷途中为她指引方向。这一切都好像是在做梦,她不能确定。

几个月来,她一直做着这样的梦,方从山就在她身边,他们贴得那样近,她几乎可以听到他胸腔里的心跳和迫近的呼吸。他深长而均匀的呼吸拧成一小股旋风,从侧面吹过来,撩起她的发梢,在她的脸颊处搔来搔去。她陷入了幸福的眩晕,脸颊发烧,灼烫得吓人。他体贴地问道:"你怎么了?""唔,我没事。"她慌乱地把碎发掠到耳后,耳根那里也红了……

她倒是经常见到那个叫老吴的军警。

老吴与她们这批同时被抓进来的女学生不久就混熟了,总是有说有笑。淑媛觉得老吴不是坏人,因为他有时虽以揶揄的口气说起她们这些女学生娇滴滴的样子让人硌硬,实在是"活该进来吃点苦头";有时又仰天打着哈哈说:"奶奶的,这帮牙尖嘴利的女学生最难搞，打又打不得，骂又骂不得，一口咬定自己是学生，有价值的情报一点掏不出来，还总有人说情作保。老子要是局长，就趁早把她们都放喽，省得一坨黄泥巴塞到裤裆里，不是屎也是屎。"

有一次老吴居然向淑媛眨了眨眼。淑媛疑心自己眼花了，难道老吴是……她马上摇摇头，把这一闪念摇出脑袋去，因为方从山并没有同她讲过老吴是自己人。况且她"只是个学生，来考学的"，实在没有必要和军警攀交情。

不过老吴带来的消息还是令她振奋。

老吴和其他军警聊天的时候，有意无意地让淑媛听到一嘴，似乎是律师的辩护词让当局非常难堪——"来省府考学，却无缘无故被抓"。"无缘无故"，这四个字最要不得，公安局和法院都是吃干饭的，审又审不出，判又判不下，把人从公安局的看守所转移到法院的大牢里，舆情已经难以控制，当局总不能"无缘无故"地无限期扣押女学生。

不久淑媛果然被无罪释放。那天，淑媛见到了久未谋面的祖父。

已经是夏天了，大地上雨水丰沛，撑着油纸伞的祖父远远站在一块医馆的招牌下，殷殷向她招手。脚下的青石板被暮色里的灯光映照得油亮油亮的，反过来又亮堂堂地折射在祖父的一袭玄色长衫上。雨声淅沥不绝，如泣似诉，淑媛发现祖父原本高大的身躯显得有几分佝偻了，站在雨中伶仃的样子十分可怜，不觉眼眶有些湿润。

"淑媛，你这就要走吗？"祖父将手中的伞递给她。

"嗯。"她回答得有些软弱。

祖父想必早就明白，他对孙女儿的宠爱和纵容，最终让她与这个没落的地主家庭渐行渐远。这是时代的馈赠，也是命运的安排。这位德高望重的乡绅从山南风尘仆仆地赶来，为忤逆的孙女儿散尽了家财。7月的雨水肆无忌惮地流淌在大地上，所到之处，都成了溪流。那些小溪的流向各不相同，却终于都汇成一条滔滔的江水，绝不回头地向着无际的大海滚滚奔去。

她一个字也不必说。

组织上已经决定，为保存力量，一批同志必须迅速转移。7月的雨中，淑媛留恋地望着家乡的方向，心中生出一个怅惘的声音，萦绕耳边低吟浅唱。她离开故乡越来越远了，像是一只无法知道归期的风筝，唯有相思如线，雨声淅沥。一位张姓交通员为她雇了一辆黄包车，又细心地帮她放下雨帘。这位陌生的同志将顺着滚滚东逝的滔滔江水，一路护送她去繁华的大上海。码头上的忙碌景致让淑媛的心情也跟着兴奋起来，水天相接的地方鸥鹭争渡，浩渺的水波之上千舟竞发。呵，上海，冒险家的乐园！她将在那里脱下穿戴已久的学生装，继续从事秘密的战斗。此时她耳边又响起方从山的话："不管前方的路有多么崎岖，只要走的方向正确，总比站在原地更接近胜利！"他仿佛一直在她耳边呢喃。

十八岁过后是十九岁，只是他们没有再见过面。要到很久之后，她才得知他牺牲的消息。迟到的噩耗像一枚抛入她耳道炸响的手雷，她一惊，瞬间湿了眼眶。她望向头顶浩瀚的星空，遥远地流着泪，默默地想，他永远不会知道她对他的爱了。这个秘密成为她一生的信仰。那时她已经成为一名特殊战线上经验丰富的共产主义战士，与情报、密码和电波结下不解之缘。她在白区穿着最时髦的旗袍出入灯红酒绿的上流社会，也在中央苏区的荆棘丛林里冒着敌人的轰炸译过密电码，在翻过那么多道大山、越过那么多条大河之后，她发现，十八岁时的梦依然瑰丽而峥嵘。

一阵风来，一片落花，淑媛迎风舞动的蓬松白发沾上了一瓣馨香。那落红着在银白上，煞是好看，像雪地里耀眼的朱砂。西窗下传来咯咯的笑声，侧耳去听，隐隐的，似乎藏着几多秘密。然而那不是淑媛可以猜度到的。她已经八十岁，和当年祖父一样的年纪，再也无法听懂十八岁的秘语。但她可以想象得到她们说起秘密时可爱的样子，嘴唇嘟起，急不可耐地，要向全世界布施满心的欢喜似的。她们说话时清澈的眸子流光溢彩，迎着光的方向，骄傲地仰起青春的脸庞。她们唇边流淌着蜜，吻到哪里，就流到哪里。理想因而是甜蜜的，因为她们总是说到它。

西窗的海棠比人面还要红一些，这不奇怪，花影幢幢，叠加了数代人的青春。每个十八岁都有秘密，青春就是经历内心的战斗，然后凝结成岁月的琥珀呀。淑媛在晚风中微笑着，掠一掠耳边的发，依稀听到耳边有年轻男子那谜一般的呼吸，错落而悠长，穿过呼啸的时光，掀起一小股旋风，撩起她的发梢，如隐约的耳语，青丝盖过银发。

先　知

1

山南地下党遭到摧毁性的打击是秋后的事，当时方从山还没有意识到问题的严重性。在他看来，挫折和反复是必然的，这符合历史螺旋式上升的客观规律。不过把漫长的人类历史拆零了再看，每个失败的截面却显示出不可逆的巨大损失。他还是太乐观了，对理想，对友情，对他们为之奋斗的共产主义。

整个山南地区自春上开始就显示出农民斗争的巨大热情，到了夏天更是如火如荼。绝大多数农民都相信，如果没有共产党领导的农会，被地主盘剥到一无所有的他们可能无法度过这一年的春荒。但仍然有一小部分农民在观望。即使立夏后拉起的武装队伍打了几场漂亮的胜仗，还是有人臊眉耷眼地说风凉话。这些落后分子把"自古的道理"拿出来解释时事，认为"秋后的蚂蚱长不了"。那时候方从山他们还没有把这一小拨不合时宜的旧式农民的悲观论调当回事，毕竟历史的大潮滚滚向前，任何反动势力的回潮和复辟都是螳臂当车。

他没有想到他最过命的弟兄会自毁长城。他们是有过生死盟约的，如果说在党旗下的宣誓还不能够证明他的一片赤诚的话，那么月下歃血为盟的结义之举一定能够打消对方的顾虑。他们毕竟有过同窗之谊，像了解自己的掌纹一样熟悉各自的过往，有一段时间他们同吃同住，不分彼此地度过了青春的好年华。

也就是那段时间，他发现整个山乡与他志趣相投的只有他。

他必然是他的左膀右臂，他的心腹之人，至于最后他竟然成为他的心腹大患，不仅他没有想到，所有人都不曾想到。

当狱中的方从山回忆起他和胡运之的相知相交时，一股复杂的情愫油然而生，犹如铁窗外萧寂的独木，在初冬的早晨被突兀地绞杀于不期而至的寒流中，而那枝头，分明还挂着未及枯萎的绿意。他原本以为胡运之会来营救他，至少能够听到胡运之在外奔走驰援的脚步。

那个月圆之夜,他们在火神庙门前的猴儿洞跪叩了土地和火神。远处群山莽莽,近处草木森森,地上一片旷寂的白月光。胡运之从山下提来的鸡公彻夜未眠,它冠盖艳红,羽翼鲜翠,惊恐地盯着眼前这两个年轻男人血气方刚的面孔,他们的每一句誓言都让它瑟瑟发抖。手起刀落,鸡头骨碌碌滚出去,胡运之握住无头鸡公的颈项,任凭赤红的鲜血滴满两只粗糙的海碗。这个活泛的场景萦绕在方从山的心头,一时间让他惊疑不定,不知是自己的幻觉,还是当真在历史的脚本上出现过这样一幕。

胡运之和他同在漆先生座下读书时便交好。那时他们还是掏鸟捉鱼的年纪,但胡运之竟然不肯贪玩,还扯着他攀谈读书的妙处。大抵他们家世相近,年纪相仿,进得漆先生的门也是在同一天,他与他很容易便成为无话不谈的朋友。胡运之告诉方从山,古往今来,读书是第一等重要的事,因为读了书,方能知天下事。方从山问道,知天下事又如何?胡运之便一本正经地回答,知天下,方能明自身,你晓得自己的方向,这一生走得端正,不偏不倚,有模有样。方从山奇道,这一生当是何种模样?胡运之仰首喟然道,当是顶天立地,震古烁今,大丈夫的模样!

若只当这是十岁孩童的胡话,也就罢了。偏漆先生极倚重胡运之的壮志和才情,以为这是蒙童中可堪垂表的典范,常捋着齐胸的长须赞道:"孺子可教也。"方从山当时算是开窍晚的,他母亲隔段时候便要拿擀面杖敲打他一番。母亲教训他时,胡运之自然是榜样,这使方从山对胡运之不免生出高山仰止之情。难得的是胡运之并无傲气,家里若差下人送了好吃的来学堂,必然拉着他的手,分而食之。方从山也大方,他父亲在上海经商,有什么新奇玩意儿,都和胡运之同享,从不私下里藏掖着。

两人同进同出，连迈出的步子都齐整得不像话。总之在大家看来，胡运之和方从山，是一根筷子同另一根筷子的关系，若哪天他们分开一会儿，必招人问起另一个去了哪里。这实在是难得的缘分。

他们直到十四岁才在人生的路上分出岔儿来。因为母亲写信给父亲，说方从山已到了难以约束的年纪，她一个妇道人家，不敢担此重任，还是把教育权交还给他的父亲。实则母亲听闻了父亲在上海另娶的事情。她原是个贤惠大度的妇人，不可能为此吵闹起来叫全家不得安宁，那么差儿子过去，以便不动声色地提点那个多情的父亲，也是好的。母亲这一着棋，可是太一厢情愿。她毕竟是个旧式女子，哪里想到灯红酒绿的大上海从来不缺少风花雪月的故事，即或是她亲临上海，也未必拦得住丈夫的心猿意马，哪里又能派儿子做代表来监控什么呢？

果然，一到上海，父亲便安排方从山去广州读书。后来方从山又去南京、武汉等地求学，倒是从未在上海待过。对于方从山的行踪，母亲是寡居乡下，鞭长莫及，父亲则无可无不可，只管掏钱便是了，反正他在上海又有了小儿女，膝下并不寂寞。

方从山在狱中回忆起自己短暂的一生，父亲的印象似乎是十分模糊的，他竟然记不清他的模样。只有母亲伸出枯瘦的手来，颤巍巍地仿佛要触摸她的儿子因为备受酷刑折磨而消瘦的脸颊。但终于失败了，她软弱地垂下手去，掩面嘤嘤哭泣。方从山从心底叹息一声。

2

十四岁之后，胡运之又经历过什么呢？

这并不重要，重要的是，二十四岁那年，方从山回到山南时，胡运之恰恰也刚刚返乡。他们同分在农校做老师，这一来，又成为形影不离的伙伴。

农校是提供住宿的，方从山和胡运之都不约而同地选择了住在学校里，尽管家中细软齐全，母亲知冷知热。照方从山和胡运之的想法，只有在学校里和学生打成一片，才能把学运工作发展起来。

那时候农校里的马克思主义学习小组已经组建有一段时间了，因为校长詹青峰就是共产党员，所以他们学校可以算作是秘密的共产主义基地。詹青峰对他们的到来表示热烈的欢迎，紧握着方从山和胡运之的手说："太好了！有你们加入，山南的革命力量很快就会壮大起来。"方从山当然有信心，他本身就是带着任务来的，到农校当老师只是过渡，必要时他会放开手脚大干一场。不过眼下他还不能把这些公之于众。虽然詹青峰和胡运之都是自己人，但他们目前的工作还是以发展学生运动为重心，最好不要让他们产生什么误会。

胡运之见到他，也是兴奋不已。当年他们分开后，胡运之先是随叔父前往省府求学，后来又在上海待了一段时间，倒比方从山对上海的形势更熟悉些。谈起上海的革命运动，胡运之心潮彭拜。那里究竟是党的发源地，不仅是新文化运动的中心，更是工人阶级最集中的地方，相对来说，工人的觉悟比农民要高一些。胡运之这样分析他们目前所要面对的复杂局面，一方面是学生的革命热情很高，另一方面学生的家长们却大多局限于现有的土地所有制，抱有小富即安的思想。即使是那些不很富有的家庭，因为生活条件还不至于赤贫，便也很反对学生们起来搞运动。方从山说，那我们就让学生们离开封建家庭，走到赤贫者的队伍中去嘛。

逐日
091

很快方从山就带领学生们发动了一场反对当地豪绅种植鸦片的运动。

当时由詹校长撰写的《为反对军阀、帝国主义告同胞书》，已经作为当地的马克思主义普及版宣传单页，在学生及乡民当中产生了相当大的影响，平权的思想日盛，以至于骑马坐轿的地主老财见到农校的师生，往往要绕道而行，连催租也变得小心翼翼。不过这还远远不够，真正的革命要动摇反动阶级的经济基础，因此不触动那些大地主的利益，革命是不得成功的。

佛堂坳附近的程家，借地利之便种植了十数亩罂粟，那些妖娆的草本植物一到春夏之交就灿若云霞，美得不可方物。鉴于鸦片的阶级属性，方从山带领学生们愤怒地拔光了这些毒品原料。这一来惹恼了程地主，立刻带着一帮爪牙气势汹汹地赶到农校，主张破坏者要为自己的侵权行为付出代价。在程地主看来，肇事者赔偿他的损失是天经地义的，因为私有财产神圣不可侵犯。如果校方不答应赔偿要求，他们就把滥拔罂粟的师生带走。

詹校长当然不能同意程地主带走他的学生和老师，原本秩序井然的校园闹哄哄乱成一片。这时方从山一个健步跃上房顶，趁机发表演说，振臂揭露地主阶级的反动嘴脸，声称毒品不受法律保护，大家理应团结起来与黑心的地主豪绅做斗争。全校师生群情激荡，立刻凝结成一个拳头似的，直捣在程地主的脸上："报官！报官！报官！"

程地主被汹涌地包围了，到处是激愤的洪涛。他从未遇到过这种阵势，自古以来的道理变得没有道理了，师生们震天撼地的呐喊和不断挥舞的拳头让他觉得自己是滔天赤潮中的一粒微尘，随便一个浪头就会把他湮灭在虚无之中。最终，程地主落荒而逃，以狼狈的背影证明了统治阶级的懦弱和无能。

事后胡运之批评方从山的工作方法简单粗暴，有些冒进了。但方从山并不认为自己有什么过错，他的斗争有理有节，在山南，乃至整个中国，革命作为一种暴力的公共活动终将水到渠成。

胡运之说詹校长是老党员，我们还是应当多听取他的意见。方从山大大咧咧地笑道："詹校长肯定乐于见到革命成果呀！"说着亲热地拍拍胡运之的肩头，又来上一句，"革命本就是勇敢者的游戏，勇者无惧，而后无敌嘛。"胡运之直摇头："匹夫之勇。"方从山眨眨眼睛，把胡运之搂得更紧些："匹夫无勇，国之将亡也。"

在革命理论上，方从山和胡运之似乎有些南辕北辙，不过他们的理想是一致的，于漫长的暗夜里做着同一个梦。这让他们紧紧地倚靠在一起，又加上在学校里同吃同住，便仿佛回到了十多年前那种一根筷子同另一根筷子的关系。

不过这也许是方从山的错觉。他和胡运之早已不是十岁的孩童，对于世界和人生的理解，从十四岁开始就有了分道扬镳的可能。在这一方面，他承认胡运之比自己更敏锐一些。胡运之在小时候就表现出了异乎常人的"懂事"——那时候大人们评价胡运之都爱用这个词儿，到了方从山身上，就变成了"没开窍"。但"懂事"的胡运之和"没开窍"的方从山往往秤不离砣，砣不离秤，他们甚至还跑到火神庙猴儿洞去跪拜了一番，对着一轮穿过乌云的金黄圆月义结金兰。那天的誓言朴素到可笑，方从山说："今日我二人结拜为兄弟，从今而后，我有甚好吃的好玩的，必有运之兄一份。若有违背，天打雷劈。"胡运之却正色道："今日我胡运之与方从山结为异姓兄弟，此后同心同德，互帮互助。若违此誓，天人共弃。"

那一年两个少年均是一十三岁，胡运之年长半月，便做了兄长。后来方从山却听母亲说，她和胡运之的母亲是前后脚怀的孕，论起来，方从山的月份该大一些才对，谁知胡运之早产数日，方从山却迟迟不肯出来，落地时倒晚了半个月。

这或许是个笑话。方从山自也无法同胡运之计较，仍旧叫他哥哥。

3

他们是从哪里开始出现分歧的？

这一点倒不好猜度，因为胡运之是有什么事都愿意埋在心里的人。自从知道方从山与他在思想上并非严丝合缝后，便闭口不谈革命的理论。一是避免争论，二是革命到目前为止尚还算是未竟的事业，大家也都还在道路的探索中。胡运之并不能够拿出确凿的证据来支持自己是绝对的正确。那么就不谈对错。只是在革命的具体方法上，他们各有自己的风格。

譬如胡运之热衷于组织学生们深入学习和探讨，从发动身边的人和改变身边的事开始，逐步而渐进地影响整个社会。而方从山却喜欢像火球一样滚来滚去，燃烧每一寸土地。他带领学生游行，并发表公众演讲，甚至兴高采烈地走到田间地头去，蹲在地上和不识字的老农聊上半天。他总有办法让各种各样的人听懂他的话，这一点胡运之很难做到。

胡运之和人说话，好歹要有沟通的基础，他倒并不是个慢性子的人，但起初一定是要慢的，慢慢来，才有稳固的基础。也许是个性使然，方从山是通过热情迅速地感染周围的人，胡运之却想通过人格的魅力，使他身边的人相信他所相信的，热爱他所热爱的，最终登上同一艘舰船，驶向理想的彼岸。

方从山似乎更受学生们的欢迎。尤其是，他身边很快聚拢了一批女学生。这些女学生以仰望的姿态狂热地追随着她们的方老师，不加辨别和思索地成为方从山的拥趸。如果方从山挥手说我们要把红旗插遍山头，她们就激动地点着头回应，那将是多么壮丽的事业！这不是胡运之心目中的革命。唤醒和催眠是不一样的。他坚持自己的理念，却也不得不承认，方从山更适合团结和领导民众。

不久方从山离开农校，这让胡运之大为惊讶。方从山临走时对胡运之说，他有更重要的任务。胡运之就明白，他们并不接受同一个上级的领导。当时山南地处三省交界，不仅国民政府的领导权划分糊里糊涂，就连革命权也有些各自为政的意思。胡运之不得不暗自叹息，为自己的理想主义隐隐感到一丝担忧。

方从山却仍旧是大大咧咧的乐观主义态度，搂着胡运之的肩膀，欢声道："我终于等到了这一天！"他抬起左臂，在空中划出一个弧度，接着猛地向下一劈，"看吧，不久我们将拥有自己的武装力量，来一次真正的革命！"他的脸被西斜的太阳照亮了半边，简直可以用光辉来形容，却因为明暗交替的构图，多少显出些怪异。

胡运之有些茫然地看着他，不知如何回应他的激情，只是淡淡地说："我不知道真正的革命是不是一定要有流血的暴力，如果有的话，我希望不会是自己的学生。"

方从山大约是没有理解胡运之的意思，他一直认为胡运之的气质里有杞人忧天的一面，有时候会把一件简单的事想得非常复杂。比如他们回乡后，一同去拜访旧时的老师和同窗，方从山觉得择日不如撞日，哪天有时间且有兴致，那么就去好了；

胡运之却会想到人家是否欢迎，就连去时说些什么都打好腹稿，这才踱着方步过去。方从山说，漆先生是极亲和的人，老洪他们也都和我们交好，不拘这些礼的。胡运之点头微笑，仍旧按他的节奏踱着方步，不紧不慢的样子。他告诉方从山，所谓日新月异，故人十年未见，这世界已是何等的新，何等的异？我们带给这封闭的山乡的，是一种闻所未闻、见所未见的伟力，将要把过去那些理所应当的东西连根拔起，怎么能急于一时呢？

就这样，他们在夕阳下分别，渐渐苍茫起来的暮色里，方从山往县城的方向去了。一群归巢的鸦雀投入林中，叽叽喳喳甚是欢闹，胡运之心中却生出淡淡的忧伤。他目送方从山离开，恋恋不舍而又无可奈何，仿佛十四岁那年，他得知方从山要去上海，心中生出无限的留恋之情，却找不出合适的理由阻拦他奔赴自己的前程。

胡运之的学生中，桂堂是年纪最小的，性子也毛糙，不过由于他的父亲漆先生曾是胡运之的老师，胡运之便待他格外亲厚些。方从山走后，桂堂问他，方老师为什么要离开农校？胡运之一时难以回答。在桂堂眼里，甚至在所有人眼里，方从山和胡运之总是形影不离，他们吃饭睡觉都在一起，连走路时迈步和摆臂的动作都一模一样。他们或许是伯牙子期那样的神仙朋友，如果方从山发生什么事，是所有人都不能理解的，那么这世间便只有胡运之能够理解他。可胡运之懊恼地发现，自己也并不能够理解方从山。

桂堂的姐夫老洪，是胡运之和方从山昔日的同窗。老洪年纪长他们两三岁，家境也贫寒些，因此随漆先生读了几年私塾，便回去扛了锄头。这次回乡后，胡运之和方从山从漆先生家出来，第一个拜访的便是他。老洪见了他们十分激动，握着他二人的手，上上下下摇了又摇："我那时总说，你们二人将来了不得呀。我说得可对？"胡运之谦道："哪里的话，我们不过是做一些力所能及的事情。"方从山却哈哈大笑："老洪，我们正要来邀你做一件了不得的大事，你可有胆量？"说得老洪愣在那里。

总之，胡运之想象不出方从山去县城后将做出怎样惊天动地的事来。

4

方从山就任县党务指导委员会执行委员后不久，就在长岭、保山冲等地先后组建了商团和民团，并亲任团总之职。县长魏庭远是胡运之的舅舅，可以说是从小看着方从山长大的，因此常摆出一副长辈的面孔。以方从山的脾性，自然是我行我素。再者，他是共产党员，落后保守的国民党县长魏庭远的腹诽，哪里干扰得到他的决断？

胡运之偶尔回家，便听到舅舅的抱怨，说方从山目无尊长，胆大妄为。胡运之装作并不如何感兴趣的样子，随口敷衍舅舅："方从山与我同窗数载罢了，又不是您亲外甥，凭什么事事听您的话呢？您但凡有什么吩咐，派我的差就是了。"魏庭远又好气又好笑，一口茶喷出来，湿了衣襟："我与他共事，又不是小孩子过家家，哪轮得到派你的差？"胡运之赶忙替舅舅抚胸顺背："这也对，不过我与他既是同窗，在农校也是共过事的，他的脾气我倒了解。依您的高见，他这般目无尊长，胆大妄为，将来又会怎样呢？""将来怎样？"魏庭远从鼻孔里哼出一声，"自然有他的好果子吃！"

照魏庭远的意思，方从山虽有团总之职，不过是地方上的花架子，上头派他组团练兵，那是眼下用得着他，说到底是与他人做衣裳，怎么倒拿腔作势起来，不识得自己有几斤几两？胡运之越听越惊，似乎方从山树敌众多，周围饿虎环伺。魏庭远又教训外甥："你们在农校里胡作非为，我强作不知罢了。搞什么学生运动，那些个洋派的做法，有什么意思？听起来时髦得很，不过是出洋相！你且正正经经教你的书，与他们少纠缠些！难不成我们送你出去见世面，倒盼个没眼界的活宝回来。"胡运之垂首应了，并不作声。

魏庭远乜斜着眼睛，在外甥脸上扫了一圈，清清嗓子："运之，舅舅膝下无子，一直视你如珠如宝，你可明白舅舅的苦心？"胡运之点头道："运之明白。"舅舅长叹一声："我只怕你不明白。也罢，你只记住一句话，方从山是方从山，胡运之是胡运之。从前种种，不过是小孩子闹着玩，算不得数的，大丈夫岂能行差踏错？"胡运之将眼皮垂得低低的，却终于按捺不住心中的火苗："国家兴亡，匹夫有责。如此大丈夫，可算得上行得端踏得正呢！"言毕，心中怦怦直跳，不敢看舅舅。魏庭远喷一声，举起手来，当头给了胡运之一个暴栗："小孩子就是小孩子，你经见过几次兴亡？凭空谈那些大道理。我怕你不明白，你当真是不明白！气杀老夫也。"当即拂袖而去。

胡运之闷闷的，晚饭也没有吃，便要连夜赶回农校。他母亲在后面叮嘱他天黑路滑，当心脚下，他头也不回地说："我有眼睛的！"

远远近近的大山叠成漆黑的影子，一重重压过来。他一路狂奔，心中发狠道，这夜当真是黑得深沉，四处都见不得光。偏偏心有光明的人，找不到好的出口。像方从山那样，什么都不管不顾，或许是可以走出一条路的，但谁又知道那路上有些什么，最终通向哪里呢？他冥思剖析自己的情感，似乎总有一左一右两种力量撕扯着他。他懊恼地责备自己恐怕不是一名合格的共产党员，因为他在革命的路上，还没有真正地经见过鲜血。

他只是在宣誓的时候说过那些决绝的话。那时的情感当然是神圣的，就好像步入教堂的新人，他们一定是对自己的爱情抱有坚定的信心，才会想到白头偕老，而绝不像中式的那些老传统，夫妻结为一体之前，连对方的面都不曾见过。但谁又说得准呢？现在已经是民国十八年的春天，那些去教堂里宣誓过的文明夫妻，也有忍受不了对方而分开的；反而是那些捆绑在一起的旧式男女，倒因为绳索的力量，更容易厮守终身。这个葳蕤得烂熟的春夜里，瓜藤一样活泼地蔓延在脑海中的无稽想象，让胡运之踩在崎岖山路上的步履没办法集中精神，几乎是高一脚、低一脚，跌跌撞撞地回到了农校。

学校里早已熄了灯，只有詹青峰的宿舍里还留有一盏灯火。胡运之被那摇曳的光华吸引着，不由得趋往那扇明亮的窗。

詹校长的宿舍从来是不上锁的，无论是老师还是学生，皆可以随时推门而入。他欢迎师生们的造访，善于倾听他们的每一种声音，不管是愤怒的、忧伤的、怨憎的，还是彷徨的、迷惘的、无聊的，他都能够帮助他们从中认识到积极的部分，从而生出向上的力量。方从山就曾打趣道："詹校长和稀泥的办法是最多的，他总能使你对自己满意。"胡运之听出弦外之音，便反问他："那有什么不好呢？我们所倡导的现代文明，不正是要使每一个人发现自己内在的力量吗？"方从山哈哈一笑："难道就没有严肃的区分和正确的原则吗？那么只会使人性放任自流。"

如果谈辩证法，他们可以谈三天三夜，但方从山说空谈误国，胡运之也就作罢。毕竟这与如火如荼的革命，并没有太大的关系。可是，眼下胡运之却十分想找一个人，就这样自由而无所羁绊地空谈一场。

5

一夜之间，山南地区暴动成功，拉起了一支红旗招展的队伍。这让所有人都瞠目结舌。

方从山也暗道一声侥幸，因为就在数日前，国民党五十六师某部进驻山南，反动县长魏庭远还阴谋收缴已被共产党控制的民团武装。在准备并不充分的条件下，方从山毅然发动兵变，正式拉开了山南地区武装起义的大幕。

这是向国民党反动派打响的第一枪。中共山南县委在做出决定之前，主要听取了方从山的意见。抢在敌人动手之前拿到主动权！方从山当时力排众议，把武装暴动和巩固发展苏区的重要任务联系在一起，一锤定音。确实不能再等了，再等下去，或许不是更有把握，而是更被动，更难以把斗争继续下去。

当天夜里发生的一切，日后在山南地区志上将有详细的记载，在此之前，方从山并没有足够的把握，但他还是把自己架在了刀尖上。不成功便成仁。他二十六岁的人生里，诸如"失败"这样的字眼，先验地便与"懦弱""无能"等词条联系在一起，因而绝对不能容忍。

事情出乎意料地顺利，翌日，魏庭远被押赴刑场的时候，似乎还不能理解眼前发生的一切。他闭目长叹，流下一行浊泪。山呼海啸的人群立刻把他的叹息声镇压下去了，他只好顺势垂下头来，让一颗狰狞的巨石坠着他静悄悄地沉入幽深的塘底。

关于如何处置魏庭远的问题，方从山没有发表意见。事后方从山去找过胡运之，向他说明那是中共山南县委的决议。胡运之点头道："很好。"此外便没有第二句话了。这使方从山无从再说起"就算那是我的舅舅，我也不能够违背党和民众的意志"之类的话。两人沉默了一会儿，远处的山岚朦胧了视线，胡运之捡起一粒石子，朝林子里扔出去，嗖的一声，似有穿云裂帛之力。"我们总要向前走。"胡运之反倒安慰方从山，"不能开历史的倒车。我明白的。"方从山感激地看了胡运之一眼，紧握住他的手："我们还是好兄弟！"

胡运之的母亲却不依不饶，将方从山骂得再不敢上门。她扯住胡运之的衫子，哭得上气不接下气："我先前只道你们小孩子家胡闹，想不到那姓方的砍头鬼，竟是个杀人不眨眼的魔头。你若再和他厮混，我立时跳下塘去，随了你舅舅。"

胡运之是寡母带大的，舅舅在他幼时多有照拂，几乎是他半个父亲。这时念至旧情，也不禁泫然，跪在母亲面前，不住磕头道："母亲恕儿子不孝，此后自然收心敛性，全意侍奉母亲。"她母亲拭泪道："我要你侍奉什么？我只要你好好保全自己。须知你每一根毫发都是我和你父亲的精血，容不得你瞎糟践！"顿了一下又说，"你和那姓方的大有不同，他天生是个混世魔王，方家早把他逐出门去了。你问问他母亲，可敢在他父亲面前提上一嘴他的事？他也知道自己在家里是不堪用的，便在外面胡作非为。我只怪当初由着你的性子，竟害得你舅舅……"说着又哭起来。

胡运之耳听母亲教训，只得垂首诺诺地答应辞去农校之职，回家中打理祖业。他倒不曾想到，这一来，与方从山打交道更多了。

革命最是费钱的一件事。胡运之在学校里时,要钱了便向母亲伸手。因家里是开钱庄的,从来没有落空过。但那也还都是小打小闹。自他接管了钱庄生意,方从山三天两头来找他谈革命的具体问题,不是捐枪,便是捐缝纫机、捐药品。气得两位叔父拿了账本摔在胡运之母亲面前,说他们再也不管了。

胡运之母亲唬了一跳,待弄明白事情原委,自然又是一番责骂。胡运之照旧垂下头来,口中却分辩道:"我原说我做不来这个……"他母亲怒极反笑,指着他鼻子,手指尖不住颤抖:"我倒问问你,你做得来哪样?""我……"胡运之沉吟半晌,一时竟有些恍惚。想起这一路走来,不觉生出浑浑噩噩之感。原来的理想是越来越模糊了,似乎更多的是被裹挟着,糊里糊涂地卷入一场洪流之中。譬如方从山从他这里拿钱,照例也是打借条的,说是方便他向叔父们交代。实则他与他并不是商量借钱的口气。

那是一种什么样的口气呢?胡运之细想想,似乎他和他,他们,本就该是一体的,他像从自己家里拿钱那般轻巧,并且是理所应当。他与他说话的口气,也是像自家兄弟般的,他领会他的意思:看看周遭的情况吧,若不是自家兄弟,像胡家这样的大户早就被镇压了。胡运之和叔父们说起这层意思,叔父们气得破口大骂:"这是哪家的道理?啊,借也得借,不借也得借,和强盗有什么分别?"胡运之额头冒汗,他有满腹与父辈们背道而驰的道理,可是这些道理在父辈面前一定是无法得到伸张的。

除非他和方从山一样,一早和亲生父亲断绝了关系。

6

方从山入狱的时候,包括胡家在内的大户们无一不拍手称快。

胡运之是胡家唯一一个心情沉重的人,这沉重几乎让他颓废下去。他母亲体恤地劝慰他:"这样不是很好?再没有人逼你了。"他摇摇头,并没有人逼他,他心里清楚,方从山不过是他心底的另一个自己。现在那一个自己被投进了监狱,据说罪无可赦,死不足惜,他不过是因为看到了自己的下场而备感心悸。

他想起他们在猴儿洞拜月结义的情景。

那晚的一轮明月又圆又亮,亮如银盘。方从山雀跃地执起他的手,满脸喜色,瞧瞧他,又瞧瞧月亮。圆月近在眼前,似挂在当空的一面圆镜,镜中的两个少年都是欣喜而好奇的模样。他和他拉着手笑了笑,不知哪里传来一声鸡公的啼鸣,喔喔地十分醒耳。明明是夜半,怎么会有鸡鸣?然而两个莫名兴奋的少年可顾不上蹊跷,咕咚对着月亮拜下去,膝盖撞上岩石的声音倒把鸡鸣声压住了,面前是一个明晃晃、亮堂堂的夜。

胡运之在上海加入中国共产党的那天,是有梦的。梦里,多年不见的方从山突然出现在他们十三岁时结拜的猴儿洞前。他还是那样笑嘻嘻地看着他。他们对望了一眼,天就亮了。后来胡运之返乡,在农校遇见也已是共产党员的方从山,心里就想,这难道是巧合吗?不,一定是命运呀。

现在命运似乎给了他们一记重创。

方从山从铁窗里望出去,巴掌大的窗口后方,一棵高大的乔木已经被冬天剥蚀得干干净净。那棵树的旁边,并没有另一棵树,它因而显得孤孤单单,尴尬地裸露着,像是一株异物。

看守从他身边走过的时候，会装作不经意地给他递个消息。组织上并没有放弃他，正在四处托关系奔走营救，但情况不容乐观，置之死地而后快的几个逃亡地主，花大价钱买通了国民党省主席陈某人，很快他将迎来处决的日子。

　　方从山并不感到畏惧，即使身陷囹圄，他也担任着中共省府狱中支部特别行动委员会书记之职，坚持同敌人做斗争。他的《告狱中难友书》已经传遍了监狱的每一个角落，在阳光无法抵达的地方开出花来。现在狱中的每一个战友都知道，有希望在的地方，痛苦也成欢乐；有理想在的地方，地狱也是天堂。

　　敌人的刑讯逼供没有让他退缩，而是更加坚定了他的意志。这个地主阶级的逆子，在刑具下见到自己赤红的血，便萌发出恶作剧般的念头。他有些疲倦了，过度的失血让他原本强壮的身体变得虚弱。现在他的身体上有一百个泉眼，那春泉样活泼的血液四处涌动着，他颤巍巍地伸出手去，蘸着汩汩冒出的鲜血在墙壁上写下"共产党万岁"五个大字。写完这些他满意地微闭上眼睑，倚靠着墙壁坐下来，享受起这具满是窟窿的残躯带给他的软绵绵的眩晕感。他唯一感到遗憾的是，没有等到胡运之的任何消息。

　　行刑的这天，方从山戴着沉重的铁镣走过长长的监狱甬道。他身上的棉袍早已破烂不堪，还结满了斑驳的血痂，不过他细心地整理过了，看上去多少体面一些。狱友们面容悲戚地望着他，他却面带微笑。他同他们平静地打着招呼，仿佛要去一个平常的地方。走过高墙的时候，他眼角的余光扫到脚边的青砖上。这个平日里走来走去的地方，被人踏过了无数遍，地缝里却顽强地冒出一些杂草来，显示出生命的神奇和不妥协。他在那几根细弱的杂草边顿了一顿，而后仓啷仓啷地走过，地面上留下铁器划过的痕迹。

方从山短暂的一生终结在一声枪响后,很多人听到崩裂长空的枪声时眼中含泪。一些人哭着说起方从山被捕的经过,他在狱中仍表现出卓越的领导才能,带领狱友们与敌人做斗争,巧妙地掩护了被捕的其他同志。原本经过党组织的多方营救,他已由军事法庭转到地方法院,刑期也由五年改为三年,但丧心病狂的逃亡地主们向省主席施压,在成麻袋的银圆下面塞进"方从山不死,山南永无宁日"的血谏。据说,胡运之也在上面签了名。

"他们原先不是要好到割头换颈的地步吗?"人们这样议论。

于是有人替方从山不值,有人骂胡运之混蛋,有人摇头叹息……这一切很快就被一场大雪覆盖,胡运之从这一天起,似乎从历史里消失了,而方从山则以一种不朽的姿态定格在历史的特写镜头里。

冬天过去后,春天姗姗而来。方从山倒下的地方,被国民党的铁蹄踩踏过无数遍的地方,更多的共产党员冒出来,他们细弱的力量很快结成一条绳索,紧紧勒住敌人的脖子。这条绳索越抽越紧,若干年后,最终不可置信地完成了弱者对强权的绞杀,也堂皇地实现了方从山临刑前神迹般的预言——

"要死还是要活?"

"我死了没关系,种子已经撒下去了,二十年后遍地都是共产党。"

"你说还有多少?他们在什么地方?"

"多得很,比天上的星星还多,分布在全中国。"

遍地的共产党人最终把革命的胜利写进了历史。如果倒退到1929年冬天的那个夜晚，方从山蘸着自己的鲜血写下"共产党万岁"的时刻，他还不能够准确地预见二十年后共和国的崛起，在严酷的"围剿"和实力悬殊的政治对比下，胜利更像是一个神话。然而他依然凭借一腔热血在监狱的墙壁上写下了自己的神话，"共产党万岁"，他郑重地写道，让这胜利的神话到处流传。

再往前一些，回到1929年初夏的大山深处，山南暴动成功，两千余人的庆祝大会把整个山南绘成一幅人头攒动的狂欢画卷。方从山在欢声雷动的庆祝大会上挥毫写下对联"赤帝本威灵，应教普天赤化；红军初暴动，试看遍地红花"，纲举目张地张贴在暴动点火神庙大门的两侧。红旗蔽日，锣鼓喧天，集会的人们奔走相告，似乎从这一天起，不朽的神话就已经到处流传。

尾　声

世纪之交，"长征红"摄制组来到大山深处取景的时候，耄耋之年的洪景荣还很健朗。导演邀请他在镜头前面讲几句，他咧开缺了一颗门牙的嘴笑呵呵地说："俺不知道说点啥哩。""说说您父亲他们那辈儿闹革命的事。"导演启发他。"那都是好多年前的事啦，俺这颗牙……"洪景荣指着自己的豁齿说开了。

穿过七十年的云烟，那场席卷大地的洪流在记忆里留下的痕迹早已模糊不清。洪景荣那时年纪还小，很多事情都是后来听大人们说的。譬如英雄方从山和叛徒胡运之的故事。但陪同摄制组前来采访的一位地区党史办的王姓同志却说这种说法不太严肃，胡运之不是叛徒，他一直在替我党从事秘密工作。

"他把自己隐藏得很深，所有活动都是秘密进行的，当地人不可能知道内情。"年轻的王同志虽然年纪比洪老要小上半个世纪，却斩钉截铁地说胡运之在方从山就义后，就淡出了人们的视线，他潜伏在各地秘密从事革命工作，一直到1952年去世。据说1952年冬至这一天，胡运之曾经的学生，时任空军上将的漆桂堂将军风尘仆仆地赶回故乡探亲。因听闻先生身患重病，便欲前往拜望，但由于假期临近，交通不便，只得修书一封，以表思念和感恩之情。这封信现存于地区档案馆内：

运之先生：

　　先生该健康，家中人均致意！我近来自北京回故乡省亲，因为时间很短不能亲来拜望先生，深感抱歉，特来函问好。

　　离乡廿余年来一切大变，家乡一切所见所闻莫不使人悲伤愤慨，家乡人遭受的一切痛苦使人发指。到今天人们重获解放，重见天日，人心畅快。我唯对先生廿余年来所遭种种痛苦，颇为同情，尚望先生保重身体，至盼！

　　我今后工作在天津，只要交通方便定常来函问安。

　　拟明日返北京，专此致意。承蒙先生教养，深为感谢。

　　祝安。

桂堂上

信中漆将军对恩师胡运之的遭际似有无法言尽之意，更加谜上加谜的是，胡运之接到信后，在病榻上激动地吟诗一首：

老迈徒悲志力衰，频年愤愤总徘徊。
　　身处污泥防自染，腹藏忧思盼云开。
　　山河改貌歌千曲，书信传来笑满腮。
　　英才济济党陶铸，桃李春风亦快哉。

　　"廿余年来""遭种种痛苦"的胡运之，究竟遭遇了什么，为什么要"频年愤愤总徘徊"？一切都成为时间无法消化的谜团。后世的人们已经难以透过重重迷障复原幽微的历史现场，并在质地坚硬的历史当中，抚触那年那月复杂而柔软的人性。所幸，关于历史的故事在多元化的叙事中越来越具有生长性。

　　为了这部精彩而玄妙的历史，一心想成为小说家的王同志在他的考证中大量使用了想象和虚构。他希望借助富有生命质感的文字，阐释革命，阐释革命背景下的爱情、友情和亲情，甚或是，不得不忍受的孤独。

　　在他的奇思妙想中，胡运之或许从历史中逃逸了——个人命运的低潮和革命低潮的耦合，可能提供了一个分野的机会，让胡运之从另一个角度思考前半段理想主义的人生。从此，山之南多了一个腰系麻绳、脚趿草鞋的"农夫"，他在夕阳半堕的冬月坐在冰凉的田埂上，托腮遥望西天的一抹已经没有余温的云霞；也会在夜深人静时拨亮油灯，写上一副遒劲的"采菊东篱下，悠然见南山"。总之生命是苍凉的，他并不特别害怕人人自危的白色恐怖，对革命退潮后遗落在滩涂上的一颗颗赤珠也不再抱有串联的热情。他只是一个落魄的先生，在外人眼里如是，在自己内心亦复如是。或者，他从命运的起伏中窥到了一种更辽阔的等待，没有人知道那是被摧毁的理想，还是被重建的理想……

鲜花岭上

引　子

　　因为主题创作的事，我往鲜花岭跑了好几趟，乡里接待的干部都嫌烦了。他们县是将军县，他们乡是英雄乡，每年来考察、调研、祭拜、缅怀的人一拨接着一拨，再加上红色旅游和扶贫产业开发，基层干部几乎全年无休。我自己也觉得不好意思，一方面是没有办法带来直接的经济效益，另一方面对这种创作所能够带来的社会效益也实在没有信心。我小时候就不喜欢命题作文，我喜欢上天入地神游八荒地胡扯。稍微有点耐心和爱心的老师就说我具有"天马行空的想象力"，严肃刻板的老师则直接批评我"跑题跑得都没边儿了"。长期以来一直因为某种原因在单位靠边站的我爸，从小就教育我："人嘴两张皮，你不要管别人怎么说，你只要做你认为对的事。做成了以后也别嘚瑟，因为无论你做得有多好，照样有人横挑鼻子竖挑眼。当然了，就算你做得再差劲，也有人欣赏你，喜欢你，比如我和你妈。"

还是引子

　　岭上的几户人家，像是散在层层叠叠的大山里的几粒草籽。他们在平均海拔千米以上的高寒山区住惯了，不觉得寂寞和清苦，我却因为低估了山里初春的寒意，迎着扑面的料峭山风，暗暗叫苦不迭。乡里搞宣传的小周提醒我："刘老师，这户人家的'人瑞'有100多岁哩，要采访他，得做好心理准备。一是他说什么，你未必听得懂；二是你说什么，他未必听得懂。"

乡里把小周"发配"给我，我起先还有些担心这个年轻人不肯配合我工作，同车坐了一程，才发现他对文学事业抱有罕见的热情。更巧的是，我们要去的花溪村，正是小周的老家。我想小周的意思是，这里地处三省五县的交界处，翻个山头就不同音了，况且老辈儿人不作兴讲普通话，沟通难免有困难。不过有他当我的翻译，这趟总不至于白走。我笑笑，继续跟在小周屁股后头往老韩家去。

县档案馆里一批沉睡了半个多世纪的珍贵资料，引发了我一探究竟的兴趣。根据档案记录的年龄推断，我将要采访的这位韩姓老者已经105岁，不过小周不以为然地说那时候的出生日期都没个准头，他曾祖父和韩家老大是同一年生的，活到今天也不过104岁，怎么韩家老二倒有105岁？我只好开玩笑地说，历史善于开玩笑，我们的工作就是揭开它的真面目。

在此之前，我已经翻阅了县委党史办公室于20世纪不同年代收集整理的一部分调查访问资料。最早一批资料的调访时间大约在1960年，那时，亲历过那段历史的很多当事人尚在人世，我想，他们对历史的叙述虽支离破碎，却较为真实地反映了当年的历史侧影。每份材料之前，都附有正规的党史资料标签，大多数调访材料在"可靠程度"一栏都被标上"材料真实，可供参考"的字样。

1960年，家住花石公社鲜花岭大队花溪小队的韩世良45岁。他曾在苏区打过游击，后又随红军转战西征，不过因为受伤掉队，未能把革命进行到底。1960年7月28日的调访材料，是由当时该公社的一名张姓工作人员记录整理的，韩世良在这份材料上，以第三人称的叙述视角，向公社的张干事口述了以下经历：

民国十九年（1931年）八月初九下午，当地民团头目黄顾七队伍百余人从毛竹坪开至宋家河，包围六区第八乡苏维埃政府，苏区负责人及骨干姜廷云、梁朴山、舒志友、韩世良等九人被捕。在毛竹坪的郎氏祠，九人遭到了严刑拷打，但坚不吐实，未让敌人套问党员名单和苏区经济状况的奸计得逞。当天晚上，在被押往大桥头执行枪决的路上，姜廷云侥幸逃脱，余下韩世良等八人，高喊着"中国共产党万岁、毛主席万岁、革命成功万岁"的口号，倒在敌人的枪口下。敌人的劣质土枪未能杀死韩世良，他佯装死去，躲过凶残而愚蠢的敌人，最终死里逃生。

这份材料被命名为《钢铁制成的革命死不掉》，并由花石人民公社出具了"此人（系）参加（者）之一，亲自经历，口述是实，我们认为可靠"的上报意见。

1981年10月17日，另一名袁姓工作人员重新调访了时年66岁的韩世良老人。在这份名为《韩存让死里逃生》的第一人称叙述材料中，主人公韩世良的名字已经改为韩存让，并且与前述材料有了少许细节上的出入。毕竟二十年是一段并不短暂的光阴，在修改历史之前，岁月已经修改了记忆。又名韩存让的韩世良这时候已是直奔古稀的老者，当年的那些红色回忆被永远地压缩在生命的最初阶段，这个脚步变得越来越蹒跚的老人，很难借助筛漏般的记忆复原历史现场的细部肌理，只有历史"骨架"被当作标本固定在那里——被捕的革命者坚持理想，绝不叛变，劣质的土枪让他死里逃生。

让我们回到那个难以辨识具体日期的日子。按照1960年版的调访资料，韩世良被捕是"民国十九年八月初九（笔者注：

阳历1930年9月30日)"，到了1981年，韩存让在自述材料里笔录的被捕日期是1930年8月9日。在排除了笔误的可能之后，也还存在历法的误差，我无法通过材料确认那个血腥的日子。但有一点是可以肯定的：射向韩世良，或者韩存让的子弹，前三发都没有打响，一直到第四枪，他才倒在血泊中。

韩世良中了"两根条"（两粒土枪子弹）——一根留存颈内，一根从后脑进、鼻梁出。也正是因为两发子弹都击中头部，行刑的团匪才放过了他。

很难想象那个命运吊诡的夜晚，被击穿了头颅的革命者是如何从另外七具同志的尸体中爬出来，一边吐血一边跑向家的方向。

韩世良是半夜时分苏醒过来的，屠杀已经结束，敌人也早已远去，但他身上的枪药却起了火。也许是因为致命的重创，也许是由于极度的恐惧，韩世良一动也不敢动。身上的衣物，甚至是皮肤，都毕毕剥剥地燃烧在夜色里，显得有些诡异。他不由得想到了革命的火种，在这一小片撩开沉沉夜色的光明中死去，也许是对一个革命者的临终安慰。躺在身旁的七位同志，让他很快接受了自己与死亡之间切近的距离，毕竟求仁得仁，他再次闭上了双目。

幸运的是，他碰上了"跑反"的群众。

宋河碾坊的劳万镒挑着担子经过桥头，在他身后还有何守亮等附近居民，都是韩世良的乡邻。路边的火光引起了他们的注意，几个胆大的家伙翘首望望，是一堆死人哩！那个年代，人的命贱，饥馑、瘟疫和战乱，使村民们见惯了暴尸荒野的惨状，他们只是顺手泼了几瓢水，浇灭尸体上的火星子，就摇着头走开了。没有人在意死的人到底是谁，乱世里最大的善良是保护活着的人。

乡邻的不忍之举意外地救下了韩世良。也许是几瓢凉水让他从迷离中彻底清醒过来，而清醒的疼痛从死亡边缘召唤回了他求生的欲望，他慢慢爬起来。头晕得厉害，疼痛咬噬着他，把沉重的身体撕裂成无数条影子。一条影子摇摇晃晃地试着迈出一步，另一条影子也咬牙坚持地跟上来，血泊中影影绰绰化作无数个分身的韩世良终于迈开步子，向家的方向跌跌撞撞地跑去……

现在回望这段"可靠"的历史，绝大部分细节已经无法还原，仅以1960年和1981年两个版本的调访材料为例：1960年韩世良的口述，较为详细地描写了民团团丁对八位革命者执行枪决后，提着灯笼查验尸体的情形。当时韩世良"未有打死，也装作打死了样"，而"枪手未走也不能动，有的说要补枪，有的说现在不用补了，已经打死了"，"手里还提着灯笼"，"韩世良看得清清楚楚"。团丁们离开后，"附近的邻居跑反回来，担着担子"，路过时因见"几个死人身上着了火"，故"顺手泼了几瓢水"，"之后又担起担子就走了"。"不觉过了一会儿，韩世良同志就清醒了过来"，"咬牙坚持爬起来，看看左右没人，就往家里逃走"。从这段描述当中，基本可以推断，韩世良被击中头部时尚且清醒，随后陷入昏迷，路过的村民好心地浇了几瓢凉水之后，他才苏醒过来。但到了1981年，再次采访韩世良时，已改名为韩存让的老人是这样说的："当时昏过去了，到半夜时分，我醒过来，发现身上因枪药引起了火，但不敢动弹。碰巧，宋河碾坊跑反的劳万镒挑着担子从我身边过，附近居民何守亮也赶来看，用饮马的水瓢兜水把火泼灭。我仍不敢出声，等更深了，我爬起来，头发晕，试试还能走，就向家里跑……"

韩世良被击中后,究竟是佯装诈死还是陷入昏迷?究竟是先醒来,亲眼看着乡亲们泼水救自己,但不敢声张,还是好心的乡亲们泼了几瓢凉水,才把他救醒?这些细节对那段宏大的历史来说并不重要,不过我从中捕捉到的重要信息是:即便是当事人亲口讲述的历史,也会因为前后抵牾而语焉不详。我企图获得的"真实的历史",依然模糊不清。

死里逃生的韩世良一路吐血,为了不被人发现,他把一腔热血吐在草丛里。回到家,母子俩抱头痛哭。蓬门荜户里甚至没有一件可以替换的衣裳,看着儿子身上烧得破破烂烂的血衣,母亲只好把婶娘压箱底的大红袄拿出来。就这样,穿着一件滑稽的女式红袄,韩世良带着母亲准备的一点干粮,连夜(一说"第三天头上")向邻湾、高埠一带找组织去了。

韩世良后来在彭家坊医院就医,并于一个月后伤愈出院,随六区大队在高埠一带打游击。1932年当地部队被迫转移,他也随队伍西征,半道儿上掉了队,一路摸爬滚打狼狈回乡。作为一个不彻底的革命者,他幸运地看到了中国革命的胜利。光阴荏苒真容易,回首沧桑一百年。一个偶然的机会,我得知韩世良尚在人世,埋头材料堆里苦于创作动机明显衰弱的我,忽然产生了对韩世良进行第三次采访的念头,那些关于遗忘和消失的打捞,是让我更接近历史,还是无意中远离历史呢?

进入历史的方式

韩世良的家离小周家的老宅不远,直线距离两三分钟也就到了,但村里曲里拐弯的小路(有些是不是路也很难说,我们一度从废墟中穿过)还是让我有些迷糊,似乎我穿过的不仅仅是现实的野径，还有历史的迷障。初春的乡村人声寥落，虽然还在正月里，打工的青壮年们却已经像候鸟一样飞出去，只偶有一两只警惕的老猫或土狗，幽灵般错身而过，想打听东南西北还真打听不出门道。幸亏热心的小周引着我，不然我恐怕会迷失在这个不大的村落里。

抄小径，上大路，乡间的"村村通"一直接到韩世良家的水泥台阶下，敞亮的二层小楼，看得出新农村的气象了。光洁如镜面的外墙瓷砖在阳光下闪烁放光，从地面一直贴到屋顶。小周在门口高声叫"婶子"，一个裹着围裙的妇人迎出来。这是韩世良的孙媳妇，事先打过电话，见到我们便脸上堆满笑容张罗着进屋坐。

进得堂屋，正中供着天地君亲师的牌位，两边是"普天感应诸佛神圣""韩氏堂上历代宗亲"。"祖德流芳"的匾额高悬。人供台上左右两只瓶子，一只插着粉色的塑料牡丹花，一只插着枣红木柄的鸡毛掸子。另有一盆白里透红的塑料寿桃和一只黑色的摩托车头盔，不怎么搭调地并列左右。供台下的方桌用红绸铺盖起来，桌腿下整齐地摆放着几张塑料红凳。一切都井井有条，现代和传统的元素混搭着，透露出乡村宗族社会与时代兼容之后有些庄严又有些怪诞的气息。

"俺爷一直等着哩。"韩世良的孙媳妇引我们穿过堂屋，走进左首的厢房，撩起门帘朝里唤一声："俺爷，领导来啦！"我们也赶紧打招呼。那位鸡皮鹤发的世纪老人端坐在轮椅上，见我们进来，嚅动了一下口唇。

围炉坐下，新泡的热茶端上来，水汽氤氲，吃透了水而变得肥大翠绿的茶叶片载浮载沉。屋内格局甚是简单，一床、一桌、矮凳、茶炉而已。白墙上贴着的一张红通通的年画儿倒是醒目无比，两边写着"红日东升山河壮，东风浩荡气象新"，当头"红太阳"三个大字，中间是伟人的巨幅头像，灰色中山装，正面微侧，平和而富有深意地凝视着远方。

就在伟人的眼皮子底下，韩世良的孙媳妇拃挲着双手，略有些紧张地望着我们，那条暗红格子围裙使这个身材矮小的农妇在客人面前显得更加腼腆和拘谨。事先我们在电话里简单沟通过，但她大约并没有听清楚我的来历，还以为从省城来的必然大有来头，于是一口一个"领导"。这个长期以村庄为生活半径的妇人已经年过半百，但是见到陌生人，脸上还是会泛起羞涩的笑容。面对这种朴素的信赖，我反倒无从解释。她一直站在韩世良身边说："俺爷是红军哩。"我点头："今天就是想听听老爷子说说以前的事。"她马上抬起胳膊碰碰韩世良："俺爷，你和领导说吧，说你参加革命的事呀。"

我从一进门就注意到韩世良老人的口唇哆嗦得厉害，起初我还以为他是想和我们打招呼，后来才发现他的嘴巴一直没合上，就那么上下抖动着，像在呓语，又像控制不住自己的唇肌和颌骨。他嘴唇颤抖了一会儿，才发出含混的声音来："俺……十来岁上头，就，参加革命了……先是童子团，后来打游击……"

他的语速很慢，我却听不清楚，几乎每句话都要靠"翻译"。他的孙媳妇先"翻译"一遍，小周再"翻译"一遍——除了乡音难辨之外，老人的话只有主要照料者才能理解，因此不得不经过两次传译才能听懂。我感兴趣的问题，当然也要这样翻两遍才能传到韩世良的耳朵里去，就这还不能担保，思维迟缓的他，是不是在意义损失了两次的情况下还听得明白。

我费劲地把耳朵竖了半天，采访效果却不理想，只依稀听了个大概：韩世良受当地革命思潮和父兄的影响，先是参加了儿童团，在村里站岗放哨送鸡毛信，后来又参加了游击队，钻山穿林，和当地民团周旋。他们的队伍虽然缺枪少炮，但还是重创了县保安大队。再后来队伍不断发展壮大，有了番号，就和正规的国民党部队打仗。有打得赢的，也有打不赢的。打不赢就跑，跑到山外面，跑到平原上，跑不动了，被打得七零八落，他受了伤，跟不上部队，就成了流失人员。

其间，孙媳妇不断提示，甚至根据韩世良发出的语焉不详的"啊、啊"声，越俎代庖地替他说话。我姑且认为她是明白他真实的意思表示，也许关于当初投身革命的故事，韩世良和小辈儿们说过很多遍，现在韩世良思维跟不上了，她反倒比他更熟悉这个故事。我问韩世良是不是还有个名字叫韩存让，孙媳妇跟着翻译："俺爷，你叫过韩存让没有？"

"啊，俺在童子团，让俺听墙根，俺听过地主婆子和她家的长工说，粮食都藏起来，就算给狗吃，也莫给穷人吃……"韩世良答得驴唇不对马嘴。

"俺爷，领导问你，叫没叫过韩存让这个名？"孙媳妇赶紧给韩世良纠偏，又问一句。

"莫的吃，哪有的吃哩？"韩世良还是听不见。

大致来说，我感兴趣的问题，韩世良一律听不见；韩世良说的那些，我又听得糊里糊涂，没什么意义。当真就应了小周的话，"一是他说什么，你未必听得懂；二是你说什么，他未必听得懂"。韩世良沉浸在自己的世界里，说到激动时，"啊、啊"地手舞足蹈，孙媳妇就像哄小孩似的，不停地安抚他，说："领导都听着呢，知道你那时候干革命不怕死，流过血，受过罪哩。"

我有些尴尬，听意思，这家人把我采访的目的理解成了给老头落实政策。我暗自摇头,既然韩世良是红军流失人员,待遇方面大约是赶不上那些有身份的老革命,这是历史问题,也是他的个人问题,我鞭子再长也及不上,别说我手上连根短鞭子也莫得。

不过他说的听墙根的事倒有意思。他说听墙根的时候知道地主婆的儿子和孙子都要回来了,就兴冲冲地跑去报告。他之所以感到高兴,是因为地主婆的孙子是"反革命童子军",他们打过架,"反革命童子军"就骂他,说他们一家都是"赤匪"。

"反革命童子军",也即当时国民党在各地建立的与中共儿童团相对立的少年儿童组织,早已经成为一个僵死的历史符号。和平时期的孩子们可能很难想象,在读书的年纪去侦察敌情、站岗放哨、传递情报是怎样一种人生体验,但在当时的革命环境下,从七岁到十六岁的孩子们都和他们的父辈一样,郑重地拿起武器,全副武装自己的身体和头脑,整齐地列队进入壁垒森严的革命阵营。在价值观、人生观和世界观都尚未成熟的年纪,他们的选择,往往只是父母兄长的选择,或者仅仅是地缘性的生态结果。比如韩世良参加童子团,就是因为他的长兄韩世新是当地儿童团总部的负责人。他说的地主婆的孙子,当时应该跟随父母居住在县城白区附近,是苏区革命者们监视的对象。

在县档案馆的现存资料中,很难找到当年国民党领导下的童子军的情况说明,我能够查阅到的调访资料,是1960年成文的《一个村的童子团发展及任务》,由当年六区第三乡第九村苏维埃政府童子团员口述而成。由那篇文章大致可以推断出,当时在国共两党的拉锯战中,双方对于儿童的思想武装也达到了针锋相对的地步。在苏区,所有七到十六岁的儿童都拥有一根四尺长的红木棍,那是他们标配的武器,也是红色身份的标识。作为革命储备的他们,都以"先锋队的后备军"为荣。站岗放哨,盘查往来路人,对于没有介绍信的可疑人物,拘送乡苏维埃政府处理,这些都是童子团员的日常任务。甚至在夜晚,孩子们也会组成"听话队",悄悄地摸到村头屋后,在墙根下偷听该户人家是否说"反动话",那些逃跑的"反动派"夜间是否秘密潜回村庄。除此之外,孩子们还"反对浪费、禁止烟酒、反对封建迷信、禁止烧香纸、锻炼身体、参加先锋队"。

在紧随上述文章之后的另一份材料《先锋队的建立和任务》中,我发现当地苏区的先锋队员几乎是童子团员的成人版,他们的任务同样是"站岗放哨,查看坏人,夜间组织'听话队'"。也就是说,在当时的苏区,所有的孩子和他们的父辈一样从事着热火朝天的革命,因其年纪小,反而更容易麻痹敌人,发动自己。虽然并不能理解革命的内涵和意义,可是丝毫不影响他们高呼"打倒土豪劣绅,打倒反动走狗"的口号,把红旗插遍村落山冈。同样的,白区的孩子们似乎也有理由在成人的引导下组成朝气蓬勃的童子军,为"剿灭赤匪"做出一个"好孩子"应有的贡献。

当然,在严酷的阶级斗争面前,每个人的选择都是历史的选择,孩子也不能例外,当他们选择了一种生活方式,也就选择了一种进入历史的方式。

历史的两种讲法

小周和我说,韩世良后来当过白匪。

哦,原来是这样。我大概能够理解韩家那种谦卑而热情的态度了。

暗沉的长夜即将过去，但在那个天亮之前的黎明，渴望光明的人们还要面对很多血淋淋的惨痛遭遇。

1932年9月，红军主力撤离当地苏区后，国民党政府立即推行了"一、'匪'区壮丁，一律处决；二、'匪'区房屋，一律烧毁；三、'匪'区粮食，分给'铲共义勇队'，搬离'匪'区之外，难运者，一律烧毁"的"三光"政策，并提出"驻进山头，杀尽猪牛，见黑（指人影）就打，鸡犬不留"的凶残口号。仅在鲜花岭下的柳林坊，"铲共义勇队"就一夜之间挖坑五里，活埋三千九百多人。在河湾附近的付家坪，不足七分面积的月亮地，先后枪杀、活埋了二百五十六人。

有关这块月亮地，还有多少血雨腥风的故事沉埋在红色的土地里，不得而知，我只知道当地"血染月亮地"的传说神乎其神。我去鲜花岭采访时驱车经过那里，还能感觉到阴风飒飒，毛骨悚然。正是太阳西垂的时候，渐渐稀薄的暮光里，身边的一切都变得抽象起来。然后，夜色一点点漫上身体。这是乡下最纯粹的夜，在夹道的山腹间穿行，犹如在墨色的海洋里泅渡。无边的黑暗中，一束孤冷的车灯照向莽莽的山体。经过那处有名的月亮地时，仿佛从那个血红的历史记忆中惊悚地穿刺而过。春秋轮转，当年的魅影早已不复存在，但因为故事到处流传，那一小块月亮形的山坳成为苍远的历史标的，镌刻在青山之间、人心之上。

当时的革命斗争是复杂而严酷的，敌我双方在山腹中惨烈拉锯，你来我往，哪里有共产党，哪里就有"反共队"，被捕的共产党人高呼"共产党是杀不尽、斩不绝的"，奉命强化政权的"兴复委员会"就会愈加疯狂地捕杀革命干群。

历史在前进之前，陷入了一种曲折的循环。

当地红军主力转移后，韩世良随部队离开家乡，但中途他因为负伤掉了队，最后只得辗转回乡。这一段个人经历，大约有两三年的时间是空白——韩世良只用了一句话，就概括了这段在档案里"历史不清"的说法。"先么……躲起来养伤，后来么……替人放羊，"他说，"俺当过羊倌，唉，一个子儿一个子儿地攒路费呀……那要靠走路么，啥也莫得，有时候就讨饭，一路讨饭走回来哩。"从秦岭南麓跋山涉水地回来，他大概总共走了两千多里地。

韩世良当过一段时间的羊倌。离开家乡，替人在坡上放羊，日子突然就静下来，能够专心地看羊儿吃草，听风吹断崖。春风已过，竟然还是严冬。昔日把红旗插遍山冈的革命者们遇挫后，放弃了大片根据地，由红军守护的苏区在国民党部队的"围剿"下火速沦陷，一颗颗红心被挖出来，暴尸荒野。韩世良不敢回家，怕回去被"还乡团""铲共队"的人揪出来，开膛破肚，点灯熬油。晃来晃去一年两年地过去了，他在大山的褶皱里藏着微弱的心思，风吹来，细细的关于未来的念想，密密麻麻地积成一张网，越想，越觉得心里不甘。他到底年轻气盛，断崖是山的挫折，但崖是死的人是活的，他妈的崖都断了就不能从旁边绕过去？他现在不想当初了，只想往后的日子咋过，难道还是一条老路走到黑，这样躲一辈子？世道乱得很，大抵乱世出英雄，他还年轻，好歹这几年见过了一些世面，哪能长久地闷在山里放羊？憋也把人活活地憋死了！

这是革命退潮后某个秋天的青天白日，阳光照着他青白的头皮，冒出腾腾的热气。入秋了，渐渐凉薄下来的空气却并没有泼冷韩世良躁动的心，在山里东躲西藏的韩世良刚一生出这样的念头,立刻就按捺不住地甩掉了手里的羊鞭。

看那年月的情势,昏头昏脑的韩世良好像只有三条路可走:要么是共产党,要么是国民党,要么就只有埋头继续在山上放羊。他咬了咬牙,额头跳出几道青筋,血管里突突地奔着几条纠斗的虎龙似的。

投靠邻省某县的民团头子韩鲁农,可能是韩世良日后蒙上污点的错误选择。但那个秋天漫山遍野的春光实在是障人眼目,他没有感到奇怪,在他眼里,层林尽染和百花争艳并没有太大的区别。他沉浸在乱世枭雄的想象里,是跟着一支军队打仗,还是伙同一群流氓火并,都不是问题,他的问题是不想躲在山上放羊,他要光明正大地回到主流社会里去。

韩鲁农的名头够响亮的,在当地的记载里,韩大队长被"招安"前,曾单枪匹马躺在棺材里,把自己和炸药一起运进县城,炸毁了一段明代城墙,迫使县太爷吐出一大笔银票消灾。后来日本人打进来,韩鲁农也血性不改,顶着一床破棉絮爬上猴儿洞,活捉过一个荷枪实弹的日本人。韩世良在他手底下当个小队长,也算是背靠大树,择木而栖。

站在客观历史主义的立场上来看,韩世良的革命道路半途而废之后,转而投奔了反革命阵营,这种叛徒行径,很难被日后胜利的革命者们理解和原谅。但他的初衷,可能并不是与革命为敌。就他的经历而言,在生命早期识见过太多的血腥和死亡,这可以使一个人更坚定,也可以使一个人变得退缩和识时务。加入民团,在当时对于背负"匪逆"之罪的韩世良来说,大抵具有生存学上的意义。

民团是国民党地方政权的武装力量,不是正规的军队,当地民众对它的称呼也不一而足。在韩世良的档案里,对于"历史不清"的描述，最具体的那段儿，也不过是有人检举揭发他曾经加入韩鲁农的"小保队"。这段材料最初出现在1967年，一个叫何干生的人，声称亲眼见过他混迹于小保队，打劫过路商贩。当时韩世良极力否认，但最终因为这段糊里糊涂的历史，他的后半生过得不那么清白。

国民党军纪向来不好，更何况地方上鱼龙混杂的小保队呢，纪律松散而人心庞杂，大伙儿都是来扛枪吃粮混一口饭的，"清剿"打仗时战斗力不是很强，而一朝绥靖成功，暂且安稳，倒打起"靠山吃山靠水吃水，靠着手里的枪杆子发点儿洋财"的歪主意。

如果不是碰巧有熟人看到韩世良打劫蚕丝商人，估计这段历史不会出现在他的档案里。

苏区被血洗后，韩世良颠沛流离，纵然山高水长，他凭一双脚掌也能走回朝思暮想的老家。只是，回家待不下，不如就在附近山头上做个望乡的人。本家的民团头子韩鲁农，在邻省某县是个跺一跺脚地都要抖三抖的人物，他谎称自己是从老家逃荒出来的，投在其门下。韩鲁农给了他一把土铳，就算是自己人了。但韩鲁农并没把韩世良放在身边，韩世良所在的那个排，直接听命于最高长官高排长的安排。这天秋高气爽，高排长预备到金沙畈做点没本钱的买卖。

高排长是个粗人，长得也粗，虎背熊腰，一脸疙瘩。他挑拣兄弟的标准很简单，顶好是和他一样，牛高马大，粗手粗脚。韩世良恰好符合这个标准，便扛上枪和高排长去金沙畈了。

对于有枪就是草头王的年代来说，法律形同虚设，这也实属稀松平常，今日不知明日事，乱世总有人浑水摸鱼。今天你打过来，明天我打过去，除了红白两军，还有土匪和日本人，日子凌乱而破碎。有那么一些人，天生就是发乱世财的，不问良心，良心在乱世不值钱，有时还误命。韩世良这些年也悟了些道，活命、吃饭，这两样总是不错的。能额外发点儿洋财更好。真要说起来，还真没有比打劫更省心省力的事儿了，所以拦道儿抢几个钱这种琐碎事，各个地盘上都不少见。不过高排长是军人，不拿自己当土匪看，只图财不害命，明火执仗地抢下货物，把无辜的事主吓得抱头鼠窜也就罢手了。

高排长没有斩尽杀绝，是给自己留条后路的意思，他也晓得举头三尺有神明，作恶者不能做绝。韩世良听话，不过在一旁唬个样子，连枪栓也没拉。没想到这拨人里头有个厌货，被抢的时候缩着脑袋没敢言语一声，过了不知道多少年，忽然跳出来做证，指着韩世良说："就是他！"

"地主婆的孙子，"韩世良激动地给我们说，"他陷害俺哩。"

他口中"地主婆的孙子"，就是写黑材料检举揭发他的人，大名何干生。按理说何干生的材料坐不得实，因为他本人的成分不好，指认韩世良当白匪的时间也对不上。他说韩世良打劫的时候，日本人已经进山了。这明显不符合事实，韩世良1935年还给坚守在莲花台上打游击的妇女排送过军粮。后来他一直在乡里务农，伺候老娘，帮衬守寡的大嫂养活俩侄子，不问世上青红皂白。不过事情已经过去那么多年了，记忆和岁月一样颠沛紊乱，何况当时的政策是发现历史问题，并不是搞清楚历史问题，何干生就识相地改口说，也可能是1935年以前。这样一来，韩世良有口难辩了，他说自己那段时间在外面讨饭和放羊，但没有人能够证明他说的是实话。

到底是何干生诬陷韩世良有历史问题，还是韩世良妄图逃避历史问题，两种说法针锋相对，相互抵牾，足以生长出很多恩怨情仇。我忽然意识到，也许直到此时，我才开始真正进入读者想要的——小说。

岭上开遍映山红

"俺哥走的时候，俺嫂子挺着个大肚子……"韩世良陷入悠远的回忆。他脸上的老人斑一块连着一块，说话的时候，随着面颊一起抖动，跳着斑驳的影子似的。他被岁月削得极瘦，脸上只剩一张皮，比纸还薄，一说话抖得簌簌作响，像风吹落叶，让人心一揪一揪的。

竹林前面，小河湾，一户渔樵耕读的人家，世代相传了很多年。到这辈儿，两个兄弟，一个聪颖，一个俊俏。聪慧过人的那个，早早跟上新时代的步子，大踏步地向前迈出了与父辈迥异的人生。他告诉尚且懵懂的弟弟，从来没有救世主，只有靠自己。现在觉醒的人们已经把炉火烧得通红，趁热打铁才能成功。弟弟为哥哥的话所深深折服，十来岁的他已经长身玉立，俊模样更是讨人喜欢，房前屋后的婶子们，都说日后要给他说个漂亮媳妇。他羞赧一笑，心想，俺才不要你们说媳妇哩，俺要和俺哥一样，实现英特纳雄耐尔，不要做奴隶，要为真理而斗争，做天下的主人！

就这样，韩世新、韩世良两兄弟，像两滴活泼的山泉水，叮咚有声地汇入了当时汹涌澎湃的革命赤潮。

然而风云陡然色变，那年，面对敌人疯狂的"围剿"，为保存实力，韩世新所在的主力部队首先撤离家乡。西斜的秋阳射进竹林的时候，竹林侧畔的河湾还没有被完全染红，碎金似的水波荡漾在初秋的明媚里，耀人眼目。韩世新新婚不久的妻子正在河边浣衣，她的腹部已经骄傲地隆起，在微倾的光线中透出圆润的光晕。这种显山露水的孕相让婆婆很是心疼，总是拦着不让她去河边捶洗，但她是个闲不住的贤惠媳妇，洗衣篮里的每一件衣物都藏着丈夫的气息，甚至连他的体温都还未退去，叫她如何放得下？

他不常回来，回来时身上都臭了，她一面红着脸嗔怪他，一面伺候他换掉又脏又臭的衣衫，眼底、心里都是细密的柔情，丝丝缕缕地缠绕上来，绕得他头晕。他捉住她的手，柔声道："好梅儿，你要照顾好自己和肚子里的孩子。"她单名一个"梅"字，他总是轻声细语地唤她"梅儿"，从来不像四邻的爷们，粗门大嗓地吆喝"屋里头的"。

她敬他、爱他，视他为她的星辰，光耀着大地和她的人生。他年纪轻轻，已经是红军某部团长，她倚着他，便能享得春风的煦暖和铁骑的威猛，就连他平稳而有力的呼吸，都让她心中好生欢喜。那日他骑着高头大马来娘家迎她，把她抱上枣红马的马背。战马油亮的皮毛擦着她的脸颊飞在晚风里，仿佛无数撩拨的手，她忽然就想把脸埋进他的怀里，幸福地流一场泪。可惜四周都是年轻的小战士，他们笑眯眯地看着他和她，让她不能不端起做嫂子的矜持。

她嫁给了他，就是嫁给了自己的一生。

那时候她还不知道几个月后会发生什么，战无不胜的红军先后发起多次战役，粉碎了敌人数次"围剿"，歼敌的神话在根据地到处流传。空前兴盛的村庄飘荡着胜利的红旗，漫山遍野的映山红呵，烂漫得如同天上的彩云。谁知道转瞬就风流云散呢，她万万想不到，被红色整个儿连成一片的苏维埃，被狂飙突进的革命赤潮席卷的人们，都想不到。

就在梅惦念着韩世新的时候，韩世新所在的部队正绕过河畔的竹林全速前进，神出鬼没地消失在一条土路的尽头。他骑在那匹把梅迎娶进门的枣红马上，望了望身后被斜阳削得明暗错落的竹林，心中发出一声幽阔的叹息。昨天算是告别吧，但他什么也没有说，她还以为他和以前一样，今天去，明天就回来了，或者十天半个月，最多不超过一个月，他总会回来一趟，或者托人带个消息，让她知道他无论在哪里都念着她。这个傻姑娘呵，他说什么她都是信的，哪怕他说他化作了天上的星星，每到日落时便探出头来吮吸她梦中的眼泪，她也深信不疑地把这些情话藏起来，悄悄回味，好好做梦。

梅在小河湾浣衣的背影，错过了韩世新深情的回眸。要到若干年后，梅等了又等，盼了又盼，才在一纸烈士证明面前，破碎了她旖旎而多情的梦。她想也许是她对他的牵绊，才使他在战场上失去了方向，他被一颗流弹从脑后击穿身体，在躲过了黑暗的袭击之后，却倒在曙光升起的地方。

在此之前，为人新妇的梅和老实巴交的公婆都在山沟子里为韩世新、韩世良两兄弟牵肠挂肚。

婆婆焦心地说："老大走了，老二总不能再走。"

公公就叹口气："这可由不得咱。"勾着头在地上磕烟管子，笃笃的，半天又抬起头来，眯着眼说，"这天变得可快。"

"俺们把老二叫回来吧，当初就不该把俩孩子都送出去哩。"

"你做得主？"公公摇摇头，"是福不是祸，是祸躲不过。"

梅的肚子长得飞快，她摸摸肚皮，那里伸出小手小脚搅动得她心慌。听说小弟韩世良所在的游击队也改编进了主力部队，他哥前脚走，他也捎信来，说是要转移。她想他们兄弟俩不晓得可遇得上，若见上面，丈夫可是第一声便问，梅和孩子可好？这狠心肠的，丢下她便走了，她下次见到他，要在他胳膊上狠狠咬一口，印上她的牙印儿，印到他的心口上去，好叫他知道，她是他的妻，他去哪里总不能瞒着她。

可是，他瞒着她，也是为了她好吧？他一定是怕她的眼泪弹子。

他娶她的时候就说她哪里都好，只有一样，动不动哭鼻子，这可叫他挠头想了三个晚上，到底要不要娶她做媳妇。她抬起手来，擂他的胸膛，嗔道："谁要你娶哩？"他便捉住她的手，放在自己胸前，柔声道："好梅儿，俺不娶你，这辈子可后悔哩。""那咋还要想三个晚上？""嘿，是得好好想想，想想今后咋能不让你哭鼻子么……"

想到这里，她的眼泪又下来了。她抹抹眼睛，吸一口气，低头对肚里的孩子说："娘不哭哩。"

想到孩子，她便越发地心疼婆婆。她怀孕之后，因为有了肚子里的这块肉，竟生出和做姑娘时全然不同的心来，好像是，以前那个叫梅的少女，一下子从这世上消失了。她很少再感到羞涩和心如鹿撞，想到韩世新的时候，心上、身上都是火辣辣的，有点嗔怨，有点委屈，甚至有点想撒泼耍赖。她有时真想骑上一匹战马披风沥雨地追上他，捉住他不管不顾地质问："咋不想想俺娘俩儿呢？"这，都是因为她做了母亲吗？她想婆婆真是难心哩，若是她，她可舍不得把她肚子里的肉，一块，两块，都迢迢地丢出去。那是她的肉、她的心呀，她怎么可以丢出去，给人家的刺刀做肉囊，给人家的子弹做靶子？

她因而陪着婆婆掉了几场泪。

婆婆拉着她的手说："俺这一屋子爷们，一个比一个心硬，从没听过一句知冷知热的软乎话。打你进了门,娘可高兴坏了,只有俺娘俩说得着话哩。"

她便也拉着婆婆的手,乖巧地应承:"娘多有福气,不说世新,就说爹和世良,哪个不是人见人夸?"

"他爹拉强得很,生下的儿子自然也是不落人后的。"婆婆歪着头笑一声,不久却又挂上愁容,"要俺说,人怕出名猪怕壮,不争那些有的没的,安生过日子才好。偏他们几个,都是主意大通天……"

公爹在农会里干个负责人,加上是红军家属,事事赶在人前头,哪有往后退的道理?她也不能拖后腿,因而支持革命也那样勤勉,缝制军衣,打草鞋,替红军医院洗绷带。她做这些的时候,觉得离世新近了一些,心里便不那么慌了。

"娘呀,你说,世新他们啥时候能回来?"她还是忍不住胡思乱想。

"俺要是知道,俺是土地奶奶。"婆婆拍一把大腿,做出憨头憨脑的泥胎样子,把她惹笑了。笑着笑着,眼里禁不住淌出泪水来,可是稀奇。

她们这样苦中作乐的日子也并没有多少,红军一走,土地上的日子也难挨起来。原先大片大片的红军田,轰隆就变了色,成了白花花的盐碱地,除了长人头,竟长不出庄稼来。还乡团带着全副武装的国民党部队杀回来,打出的口号是:坚壁清野,鸡犬不留。失去红军庇护的苏区,沦为任人蹂躏的柔弱妇人,乡民三天两头的跑反,便成了家常便饭。不跑不成哩,若是让还乡团抓住了,男的砍了头丢在地里,女的绑了卖出山去,那真是叫天天不应,叫地地不灵。

梅大着肚子,这样的颠沛更是让公婆忧心。每回婆婆都护着她，可再怎样赔着小心，究竟敌不过粗糙的日子，终于有一天，她在颠簸的山道上疼得弯成了一只虾。"娘呀，"她一手的冷汗，潮漉漉地胡乱抓了一把野草，呼地跪下来，"疼！"

"坏了，怕是要生了。"婆婆用力扶着她，只是千钧的力道往下坠，硬是扶不住。

山下，烧村的火光熊熊，浓烟滚滚，口鼻里几乎闻得到尸体的焦臭味。跑反的村民拖儿带女，呼爷叫娘，挑着担的、抱着罐的、扛着铺盖的，顾不上野径里伸出的钩子，被锯齿样的荆条扯着衣襟、撕着皮肉，就这样疯疯癫癫跌跌绊绊地往山上跑。他们是踩着尸体在奔逃哩，若跑得慢一点，自己怕就成了垫脚的尸身，所以啥人也不敢停下来。

婆婆无法，几乎是半拖半拽地把她抱进附近的草丛里。

梅疼得晕了过去，她不知道山下的大火烧起来的时候，公爹为了掩护村里人上山，落在后面，叫还乡团给抓住了。为首的那个，大名黄顾七，人称"黄七爷"，可以说是"苦大仇深"——当年农会闹起来，第一个拿来开刀的，便是恶霸地主老黄家。他兄弟黄顾三，就是梅的公爹一锄头挖死的，这是血仇。血疙瘩解不开，硬是要拿血来偿。两年前韩世良落在黄顾七手里，在劫难逃地吃了"两根条"，可那孩子命大，夜里捂着颈子上的血窟窿逃回来，竟逃得一条小命。这一回，他七爷万不能饶了老韩家。

梅抱着一对早产的双胞胎回来，才晓得公爹让还乡团的豺狗撕了，死无全尸。据说那几条狗都是绿眼，锯齿，一身缎子样的黑毛，吃了心肝脾肺还不甘休，把骨头也嚼成了渣子。婆婆号啕一声，瘫在地上，那个拼不成人形的丈夫，真是要了她的命。

房倒屋塌，几缕青烟袅袅送上天去，仿佛魂灵的诵唱。村子烧成白地，比盘古开荒还干净。梅痴呆呆地抱着她的孩子，胸口一阵胀痛。头顶有老鸦聒噪地盘旋，孩子哇哇哭起来，她撩开衣襟，却发现自己并没有一滴奶水。雪落下来，悄无声息地跌落在丧失了生机的荒原上，起初零零星星，渐渐铺成一地鹅毛，覆盖了那一大块绝望的伤疤……

韩世良嘴里呜呜哝哝，说不清楚话，他实在是太老了，老得连他的话都上了年纪，泛黄，打卷儿，皱皱巴巴，如何也捋不平整。我却听得入了迷，好像走进一片秘境，四周生长着残酷的童话和使人心旌摇荡的歌谣。他收集了满满三大本当地民谣，都是革命年代口口相传的"非物质文化遗产"，当然，因为缺乏权威认证，他不大好意思拿出来。我再三请求，他的孙媳妇也在一旁撺掇："叫领导看看哎，你自个儿当宝贝，那作不得数么，要领导认可哩。"

韩世良没想到我读得津津有味，他也高兴起来，"啊、啊"地挥舞着枯柴棒一样的手臂，向我描述那个年代的情景。

鼓儿不要敲哎，
锣儿不要嚓哎，
听我唱个"穷人调"，农友哎！
大家莫见笑哎嗨哟。

穷人真好苦哎，
衣裳破了无布补哎，
忍饥受饿说不出，农友哎！

瘦得皮包骨哎嗨哟。

禀告二爹娘哎,
去把扁担扛哎,
东逃西奔度日光,农友哎!
只为度日光哎嗨哟。

小狗梆梆咬哎,
开门往外瞧哎,
前面来了两乘轿,娘哎!
主人和大少哎嗨哟。

主人来得早哎,
地面没打扫哎,
桌椅板凳没摆好,主人哎!
莫慌下轿哎嗨哟。

主人下轿门哎,
叫声小庄人哎,
床铺给我扫干净,庄人哎!
好摆大烟灯哎嗨哟。

大烟瘾过了哎,
白炭火来烤哎,
老母鸡汤要炖好,庄人哎!
精肉把浆炒哎嗨哟。

吃了两三天哎，

主人才发言哎，

今年课稻没给完，庄人哎！

替我把家搬哎嗨哟……

    这首《穷人调》简直是一部叙事长诗，洋洋洒洒上千字，详尽工整地唱诵出底层农民从悲惨生活、受尽压迫到觉醒抵抗、投身革命的全部历史动作。歌谣四句一节，合辙押韵，以民间小调配以朴实无华的歌词，既有情节，亦有画面，俚语活泼，细节传神，男女老幼皆传诵无碍。尤其难能可贵的是，作为启发阶级觉悟的宣传工具，它居然充满了审美意义上的人情味儿和幽默感。

    韩世良说这首《穷人调》大约流行于民国十八年（1929年）春。那是一个荒凉的春天，因为饥馑，各地竟纷纷传出吃死人的荒唐消息。《穷人调》通俗易懂的农民口语，加上韵律音节朗朗上口，既切肤之痛地道出穷苦民众的悲惨与怆惶，又美轮美奂地描绘出革命成功后的盛世欢颜，一时传唱成风，家喻户晓。彼时春荒蔓延，食不果腹，官府横征暴敛之外，尚有地主和工商业主的沉重盘剥，加之军阀连年混战，兵丁夫役不断，到处民不聊生，一曲启发阶级觉悟的《穷人调》，使深受封建地主残酷压迫和剥削的广大农友团结起来，拧成一股绳。就是这样凛冽而又炽烈的春风，吹皱了山乡死水般的生活，孕育出反抗的种子。那些唱着《穷人调》的穷人终于从"东奔西逃度日光"的蒙昧中愤然觉醒，举起刀矛和锄耙，集结在红旗下，如一股奔泻的洪水，把早就在民间悄悄进行的秘密而小范围的地下结社活动势不可当地推向高潮。

这正是立夏的前夕，春潮澎湃，万物催发，革命的力量也在悄然凝聚、浩然生长，等待着一次石破天惊的爆发。

村头的映莲家，韩世良不晓得走过多少趟。其实也不是映莲家，是映莲家门前的三口井——别处的井都是一眼便是一眼，这井却有三眼，乍一看还以为是三口井，因此得名，远近人家都来挑水吃。据说这水比别处的都甜些，拿来淘米和面，米面都格外地甜丝丝、香喷喷，可稀罕哩。村里的何姓大地主，曾财大气粗地扬言要把三口井买下来，结果遭到了乡人的集体反对，为此还酿成一桩血案，以韩世良的爹为代表的一众乡民与何大地主斗法，敲破了何老爷的脑袋，掰折了何家几条走狗的狗腿。

韩世良却不稀罕这些，他稀罕的是，每天能借挑水的工夫从映莲家过，见到映莲的爹，光明正大地唤一声："俺叔，出门哩！"见到映莲的娘，便周到而得体地问候："俺婶子，可吃过了？"若是映莲的弟妹跑出来，他也能逮住他们，嘻嘻哈哈打闹一番，叫他们咯咯笑着扭成麻花来求饶："好世良哥，放俺过去吧，俺让俺姐给你绣荷包呀。"因此老韩家的水缸总是满的，挑水扁担简直长在韩世良肩上，扭扭捏捏不肯下去。

比起韩世良的扭捏来，映莲倒大方，她把又黑又亮的大辫子往身后一甩，说出话来脆崩崩的："嘿，世良，你这一天要挑几趟哩？家里水缸可够大的。"

韩世良脸红了，然后红着脸陪映莲一起笑："是么，家里缸大，俺娘叫俺挑得勤些。"

"你娘可叫你再帮俺家的缸也挑满哩？"映莲接着打趣他，

"俺弟弟妹妹都小，俺爹俺娘又没你这样勤快的儿。"

韩世良的脸更红了，手脚也不知摆在哪里好："俺给你挑水吧。"

村里要发展童子团，映莲也积极参加了。她说世新哥说得对，没有人天生应该贫穷，打倒土豪劣绅，造一个新世界，俺们只给自己交课稻！韩世新号召村民们团结起来反对天命论，映莲挥着拳头跟着喊，声儿比韩世良更高。看着她因为兴奋而红如赤霞的圆圆的脸蛋儿，韩世良挥舞胳膊的幅度也更大了。

岭上的关帝庙，是一座有着两百多年历史的古刹，风吹日晒雨打霜覆的，竟不颓圮，反倒凭借香火日渐鼎盛起来。庙子起初是当地大姓袁家的香堂，后来招僧住持，成为方圆百里百姓朝拜的圣殿。三进的院子，坐南朝北地胡乱供着关公、地藏、观音、东岳、吕大仙等诸路神仙菩萨，终日香烟缭绕，梵音与俗声不断，磕头礼拜、求签问卦者络绎不绝。若是逢上正月初六火星会、十月十九观音会等仙佛盛会，更是人山人海，热闹非凡。照当地的习俗，为求神佛庇佑，往往要在神像上搭一块红布，曰"披红"。这"红"年年月月地披下去，神仙菩萨们的脑袋上均是厚厚的一摞红幛。这红幛子披挂在神佛座前，因沾染了佛性仙气，那是万万动不得的，谁想竟让一帮少不更事的红小鬼们破了神通。

这是1929年秋六区二次暴动后的一天，六区苏维埃和十三个乡级苏维埃政府已经相继成立，韩世新被推选为六区童子团大队长，麾下集结有近千名童子团队员。这群革命小将站在初升的红日下，毫不客气地向封建传统势力发起了冲锋。破除封建迷信，也即破除既得利益集团的威权图腾，这是大无畏的革命口号之一，加上各路神佛身上披挂的供奉与革命的隐喻色不谋而合，一场红色抢攻在所难免。

韩世新这几日正在为红领巾的事发愁，他们童子团的基本配备是一根结实的红色木棍，外加一条鲜艳的红领巾。考虑到当地山高林密，树棍子好解决，但红领巾一时无法筹措。韩世新当即在鲜花岭西街的袁氏祠召集队员开会议事，展露出一个十五岁少年出色的领导才能。

几张方桌摆成的临时讲台，成为韩世新崭露头角的大舞台，他尚未全然抽条的身体几乎是一跃而起，跳上了几尺高的讲台，接着抖擞地立在台子中央，虎虎生风地挥起了胳膊："各位兄弟姐妹，俺们童子团成立了，每个童子团队员，不再是父母面前的淘气娃，而是革命队伍中的一分子……"三百多个孩子和他们的父母站在台下，欢声雷动地拍起巴掌。那些借着送孩子名义赶来看热闹的成年人，还从没有见过这样能说会道的娃娃，你看他站在台上侃侃而谈，把"穷人为什么这样穷，富人为什么这样富"说得透彻明白，让好多蒙着双眼在生活的惯性中一味劳作，而不知被谁缚住眼睛手脚的大人都如醍醐灌顶。

映莲和她爹，也在台下听得津津有味。韩世良胸脯挺得高高的，很为自己有这样一位了不起的哥哥感到自豪。他的目光追随着他哥有力的胳膊，那胳膊挥起来，他便也跟着挥动起来，攥成拳头的手伸向空中，咚咚地似要把天庭捣出血窟窿来。映莲也跟着喊，跟着挥胳膊，圆圆的脸蛋儿笼着一层红通通的霞光，照得边上的韩世良如沐光辉，靠着映莲的半边身子，也是滚烫的。这时候台上的韩世新巧妙地把破除封建迷信的必要性，与统治阶级的险恶用心联系到了一起："神都是假的，它们不过就是一块块泥巴，那是富人用来蒙哄穷人的泥胎，是统治穷人的手段哪！"台下顿时轰然。紧接着韩世新的问题接踵而至："俺们童子团的队员们需要红领巾，怎么解决？"

这突然抛出来的问题，便如同投向湖面的巨石，众人交头接耳，嘈嘈切切，有说向父母要钱买的，有说找人借的，更多人想不出好办法，抓耳挠腮地干着急。韩世新当即胸有成竹地再次振臂高呼："俺们就向菩萨老爷借来用，大家说好不好！"

一道划破夜空的惊雷在头顶炸裂似的，顷刻照亮了几百颗蒙昧的心灵。是哩，神仙菩萨都是假的，是万恶的富人用来迷惑哄骗俺们穷人的玩意儿，再是披红挂彩，也解不了俺们穷人肚里的饥，御不了俺们穷人身上的寒，不如扯下神仙菩萨身上的红，俺们干革命去！

台下掀起一片叫好声，随即"打倒土豪劣绅""破除封建迷信"的口号响彻会场，数百人的队伍浩浩荡荡地向关帝庙进发，一时间风雷激荡，人心沸腾。

韩世良跟着队伍往关帝庙去，见映莲和她爹兴奋地说着什么，脚步不停，人人都被一股莫名的力量催发着，好似一波一波的潮涌，滚滚地把黑压压的人头推进了关帝庙。不一会儿，上下两重大殿和院子里都站满了人。与以往人满为患的仙佛盛会不同，这回人们摩肩接踵地进得殿来，只是嗡嗡地立在泥胎塑像前，并不跪拜，令宝相庄严的佛菩萨惊讶万分。

韩世新首先一跃而起，跳上神座，伸手揭下一匹披挂在塑像上的红布。

"打倒土豪劣绅！"

"破除封建迷信！"

呼声再起，风云色变，一转眼，在韩世新的带领下，扯下的红布在众人面前堆起一座燃烧的小山包。少顷，一条条鲜艳的红领巾飘扬在颈项间,犹如一簇簇跃动的火焰。大人孩子们欢声雷动,又跳又唱,朗朗笑语争先恐后地飞出关帝庙。

因为爱情

说到哥哥韩世新,韩世良的脸上会露出崇拜和惋惜。他是因为哥哥才走上革命的道路,但哥哥却因为先走一步,走出了永别的姿态。这是他没有想到的。在当时那个小山村,韩世新的确比大多数人更早一步投奔革命,如果假以时日,共和国的历史上也许会有他浓墨重彩的篇章,就像那些在战场上建功立业的开国将军一样。

韩世新的部队打到平汉线以西,遇上了大轰炸,原先凝成一只钢拳的队伍开始溃散。韩世新的战马被炸断了一条腿,号啕着沦陷在弹坑里。顾不上马了,人都顾不上,飞起的断胳膊断腿砸着天砸着地,呼啸的炮弹从脑后来,被轰炸得失去听力的耳朵却以为山河宁静。那一刻韩世新一定是听不见任何声音,只有梅的私语在耳畔回响:"俺等你回来哩……"

要等到多少年后,家里人才把韩世新的魂魄招回来。那时候两个双胞胎儿子已经长成精壮汉子,在梅身旁一站,像是两尊门神。和岭上那些走出去却再没有走回来的红军战士们一样,人死在外面,魂漂在路上,得招魂入墓。

1954年,韩世良记得清楚,政府把一纸烈士证明和一百多元抚恤金送到老韩家。大嫂子听到这消息,咕咚栽倒在地上。等了好多年,盼了好多年,也翻来覆去想了好多年,早想到了,韩世新怕是回不来了,这天杀的狠心汉子哟!可是没有这纸证明,她还是宁愿他在外面做了大官,只是忘了他们母子。悠悠醒转过来,她把丈夫临走前一天换下的那身衣服,从樟木箱子底下翻拣出来,抖抖索索地,捧给韩世良:"给你哥办事吧。"

照规矩,一个儿子紧握芒槌,一个儿子高执葫芦,在房前屋后把父亲韩世新的名字喊了九十九遍。离恨天之外,那个漂泊了二十二年的孤魂,终于找到回家的路,悠悠荡荡地,落在自家门前。

岭上又多了一座衣冠冢。

"就那,那拐子……"半下午的阳光投在岭上,有明亮的暖意,韩世良坐在轮椅上指给我看。说了一上午,他执意留我吃中饭,吃了饭又接着说。我本来担心老人家精神不济,他倒更来了精神,让孙媳妇推了轮椅出来,就在院子里,一边晒太阳,一边喝茶聊天儿。

我随着他手指的方向看过去,远山如黛,金色的暖阳勾勒出春天明媚的轮廓,山腰那里一片斑斓,是早春的山花,一簇簇地开了。上午刚进村时感受到的那种清冷和寂寞一扫而光,我不由得站起来,张开双臂,深吸了一口山里甜美的空气。

随着革命力量的巩固,各区各乡纷纷展开拥军参军活动,随处可见披红挂绿的革命群众在震耳欲聋的锣鼓和鞭炮声中,光荣而自豪地走进红军队伍。父送子、妻送郎,要求参加红军的青年络绎不绝,像是无数滴水汇入一条河流,大山里的春潮挡也挡不住。大哥韩世新报名参军后,韩世良也跃跃欲试,要不是他娘拦着,他一早就找队伍去了。

娘有娘的打算,已经有个儿子送出去了,咋不算支持革命么,难道让她老了,还没个儿子在身边送终?爹说娘老观念,娘就跟爹争:"你个老东西倒是赶新潮哩,咋个那时候生下闺女就送人？"娘揭了爹的老底，爹就不说话了。

正月里，韩世良听映莲唱"正月里来是新春/我劝我郎当红军/红军处处打胜仗/一心为人民"，心思就动了；到了二月，映莲又唱"二月里来是花潮/我郎政府打介绍/条子打到苏维埃/向红军里跑"，不免抓耳挠腮；三月里头，那歌声飘得更远，"三月里来是清明/我送我郎当红军/乡亲送到大门外/胜利定完成……"这一下韩世良急得上蹿下跳，连去映莲家门口挑水都莫得勇气了。

映莲有一条好嗓子，哪座山头的小调，到她嘴边都能流淌成蜜。她人甜，声儿也甜，韩世良听不得她唱小调，最是听不得她唱那首《十二月送郎当红军》。映莲唱得他脸臊，唱得他心慌。他听她唱到"七月里来是秋天/我郎游击无鞋穿/缎子丝鞋做得有/你不回来端"，死活要去乡苏维埃打介绍信。他娘说，俺莫得缎子鞋给你，你寻下个媳妇给你做么，俺就放你去。他只好赤头红脸地蹅回屋去，到放水缸的墙根坐下，抱着扁担生闷气。娘拿话堵他哩，他偏找不出话来挡。有心和映莲说一句，又不知说哪样，难道他挑水路上把她一拦，没脸没皮地说，好映莲，俺去当红军，你给俺做双鞋吧！这也太荒唐了！可是他不去参军，就连和映莲说句话的勇气也莫得，真是急死个人哩。

也不知是老天有意促狭他，还是成全他，那天下午他去送鸡毛信，正好赶上黄顾七的民团把乡苏维埃围得死死的，他和姜廷云、梁朴山等苏维埃负责人一起，结结实实地给包了圆儿。等到映莲该唱"八月里来是中秋/我郎游击到南山/我怕我郎挂了彩/痛苦也忍耐"的时候，他裹了血衣，连招呼也没来得及打，直奔高埠找游击队去了。

这一路的九死一生自不必说，他娘也是吓坏了，多少年后还心有余悸。可惜韩世良没和映莲说上话儿，映莲也不晓得韩世良咋个突然就没了影儿。韩世良心里揣着秘密，打起仗来甚是勇猛。那时候也不知咋的，不怕死哩，也不是不怕死，是想不到死。想到的只是映莲圆圆的脸蛋儿，红通通地挂在天边，有时笑眯眯地望着他，那是赞许他活捉了几个国民党部队的散兵游勇；有时候皱眉头，那是对他不满意，遇上冲锋陷阵，没有第一个冲上去。他们游击队在林子里钻，满山转悠，没个固定地点，有时候也能钻回来。后半晌偷偷摸进屋，娘见了他，心里一惊，抖抖索索地摸摸胳膊腿儿，全须全尾，欢喜得什么似的。娘又摸着黑，打了鸡蛋面条端给他，趁他稀里呼噜吃得不抬头，就说："映莲问起你，俺说你跟着部队打游击，她也欢喜哩。"韩世良心里便定了，天亮跟队伍出发，腿脚更有劲儿了。

这样山不转水转地，在山里神出鬼没的韩世良，倒比先前天天打映莲家门前过的时候还得劲些——映莲真给他绣了鞋子，虽不是缎子鞋，但软和贴脚，好像是，她扯过他的一双大脚，一寸一寸比画过，哪里该紧，哪里该松，哪里裁出合脚的弧度，半分也不错。他哪里舍得穿在脚上哟，裹了几层揣在怀里，再是山高林密，再是枪林弹雨，没有往后退的道理。

他想要不了多少日子，他也和他哥一样，骑上高头大马，准把映莲娶回家去。他嫂子不就是在一个大雪天遇上他哥策马奋蹄的高大身影的吗？他哥骑着枣红马，嘚嘚地往山上去；他嫂子挎着竹篮子，诡诡然往山下来。山道上窄得很，错不了身子，他哥情急之下只好生生刹在那里，战马一声长嘶，人立而起，把他嫂子吓得跌坐在地上。这一幕，韩世良没遇上，但他在脑子里拉洋片样过过很多遍：白雪，红马，盖世英雄，那是何等的气概！后来他哥送他嫂子回家，也是郎情妾意，水到渠成——嫂子扭了脚脖子，只能顺从地给他哥扶到马背上。马脖子上的熟铜铃铛，一路丁零作响，把这一见钟情的两个年轻男女送到云端上。那熟铜铃铛，做了哥哥嫂子的定情之物，他嫂子搁在身边，摆在床头，焐得暖暖的，一直到他哥再次骑着枣红马来，把她娶进韩家的门。这样的爱情，是韩世良所渴望的。不过映莲到底咋想的，他还摸不清楚。她是给红军做鞋，还是给他韩世良做鞋，这一点他娘没给他说。他娘只是把映莲做的鞋拿给他而已。但那又有什么关系呢？他打仗那样勇敢，队长都夸他哩，总有一天，他能和他哥一样，骑上高头大马，把映莲娶回家去。

日子一晃就到了1932年的秋天。这年也稀奇，好像是红军一走，山里就落了雪。大雪无边无际地扑下来，像是扑落一整条雪白的山脉。山里冷得慌，漫天漫地的雪，把路封住了，把村庄封住了，也把人心封住了。别的不说，就说河湾那块月亮地，小保队先是开枪，后来活埋，两百来口人硬是填了坑。那七分地，给死人填得满满当当，活人没法下脚，就任它去。落了雪，落了泥，落了烟云，埋在地下，那些魂魄还能跳到人面前来，手舞足蹈地呜呜地哭："俺们死得惨哪，俺们死得冤哪！"人被鬼魇住了，出不得声儿来，只能躲在深山老林里瑟瑟地抖，想着，这样的日子啥时候是个头。

红军走后，映莲一直在盼，盼着红军回转，也盼着韩世良回来。这是韩世良没有想到的。这个傻小子，郎骑竹马来，绕床弄青梅，这样的感情，不比他哥他嫂子的一见钟情更让人牵挂？他竟茫然不觉，还以为他回回从她家门前过，她的那两句俏皮话，不过是打趣儿。她恼他鲁钝得像一块木头，又爱他的老实可靠，便偏不让他晓得她的心意似的，总是捉弄得他红头涨脸才抿着嘴儿笑起来。她听他娘说，他中了"两根条"，她大眼睛一扑闪，泪珠子差点滚下来；后来又听他娘说，他参加了游击队，她欢欢喜喜地做了鞋子送他，他却一点反应没有，叫她生了好一顿闷气。可是，他走了，她的心又揪起来，天天在村头引着颈子盼，盼有那么一天，他还挑了那副油光光的扁担来，两只水桶在身前身后晃呀晃的，红着脸说："俺给你挑水吧。"

映莲跟着跑反群众没头苍蝇样乱哄哄地跑过几回，亲见着村庄烧成白地，人血淌成了河流。她再也不愿意这样懦弱委屈地等下去、盼下去。既然注定要用鲜血把这片土地染红，她也有一腔热血可流哩！

在敌人的反复"清剿"下，留下来坚持斗争的革命武装活动范围逐步缩小，因为难以立足，两路分散的游击师不约而同地选择了海拔超过一千六百米的莲花台作为坚持斗争的根据地。十八岁的少女陈映莲，唱着"青山绿水陡石崖，为了革命上山来，坚决与敌斗到底，誓死保卫苏维埃"的民间小调，一甩又黑又亮的大辫子，提着一口气踏上了莲花台。

命运对于人的捉弄，或许就在于把误会和错过丢进了岁月的褶皱。

如果继续留在鲜花岭，韩世良和陈映莲或许会沐浴着敌人的枪林弹雨，成为一对忠贞的革命情侣。他们相互爱慕，彼此扶持，走得再是颠簸坎坷，也望得见彼岸的幸福。然而亡命天涯的韩世良在遭遇挫折后因为孤独而"大彻大悟"，他觉得自己之前所走的路似乎是个笑话，无人关心，更无人喝彩，一个人走在绝路上，即便姿势再潇洒，又有什么意义？于是在一个鸟尽弓藏的秋天，漂泊在异地他乡当了两年羊倌的韩世良，经过深思熟虑，壮士断腕般地选择了苟且回乡。

这个决定谈不上聪明，只能说是对命运的委曲求全。

便衣队与联保主任

韩世良说起映莲的时候，脸上泛起了温柔的涟漪。当爱情穿过漫长的岁月抚摸他脸上的皱纹，故事变得旖旎而生动，那个与革命干系重大的故事本身却无关革命。我陷入一阵恍惚，仿佛垂老的韩世良在初春的阳光下回复了英俊的青春容貌，正意气风发地挑着两只溢满水的木桶，随着肩头那条油光锃亮的扁担上下起伏，有节奏地摆动着年轻的身体。他的脚步富有弹性，轻盈地踩动了脚边鹅黄色的蒲公英花瓣。一些清水洒落在受孕的春天，由此生长出葳蕤的希望。

"既然回来了，怎么不继续参加当地的游击斗争？"我问韩世良。也许是因为我的无知触动了韩世良的隐痛，他嗫着牙花子说："俺、俺当时，也支持革命哩……"

我后来才意识到，这好像是他第一次听懂我的问话。

韩世良一路讨着饭回家，他娘见到他的第一句话是："俺的孩哩，就是死，俺也不让你再走啦！"母子俩抱头痛哭，这劫后余生般的重逢让韩世良的嫂子也哭得肝肠寸断，她扯着韩世良问："见到你哥了没？"韩世良的回答自然是让嫂子失望了。梅背过身擦擦眼泪，又强展笑颜，温言对婆婆说："世良回来是好事么，娘莫哭了，那么难的日子都过来了。"韩世良的老娘这才醒过来似的，拉着韩世良交代道："俺孩命大，几次死里逃生，阎王爷不收你,你要晓得好歹哩。这世道乱得很,俺们不求大富大贵,只求平平安安。你去西桥头找你幺爷,就说回来了,余下的,啥也别说。"韩世良诺诺应了,趁黑摸到西桥头。

西桥头的联保主任韩仲华,论辈分是韩世良爷爷那辈儿的堂兄弟,两家关系不远不近,但因为韩世良的老娘和韩仲华的夫人是表姊妹,这就有了说话的余地。后来韩世良能留在岭上专心莳弄稼穑,全仰赖幺爷的照拂。按韩仲华的说法:"奶奶的,这世道看不明白么,看不明白就瞎蒙吧。有奶便是娘,不管是啥党,都得要吃要喝。俺们过俺们的,两边不得罪,这错不了吧?"

当时在岭上,这样"两边不得罪"的"两面政权"为数不少,保甲长白天公开为国民党办事,夜晚秘密为共产党工作;壮丁队白天为国民党守防,晚上协助便衣队向地主征粮。熊家河的一个老地主,在家里拉了民团,筑了碉堡,就这样的铜墙铁壁,也怕哩。国民党搜山时便衣队把几个伤员送到老地主家,就那么大马金刀地"隐蔽"在碉堡里养伤,任谁想得到?韩世良的老娘死活不让韩世良再上山打游击,但不拦着他给山上的游击队送粮送药。虽说这事都听韩仲华的安排,但韩世良心里是乐意的,就是因为利用国民党部队白天搜山、晚上撤回据点的空隙,他配合便衣队四处筹粮,再次见到了映莲。

粮食藏在毛竹里,迎面见着了,以为是打竹子的,剖开毛竹一看,才知道那空心里头全是实的。就像他对映莲的那颗心。见着了,心怦怦地跳,他捂着它,怎么也捂不住似的,反倒扼得它难受,几乎要呼地跳出来。映莲的大辫子一早就剪掉了,他晓得那份苦,整天钻林子,累了,困了,就在山洞里、草窠子里打个盹儿。养着条大辫子,实在是多余,累赘,有时候还能拖住人脚，叫人陷入不测的危险中去。他见着她的半个侧脸，还是那样红通通的，圆脸蛋儿，好像有绚烂的霞光笼着她，使她周身都是圣洁的光辉。她正忙着给伤员裹绷带，一道一道的，细心得很。他刚想开口叫一声"映莲"，旁边一个便衣队的同志拿胳膊捅捅他："走，俺们再走一趟。"

这样走到第几趟，他不记得了，有时见得着，有时见不着，见着了又说不上话，只能远远地看一眼，好像是，隔着山，隔着水，隔着几度春秋。就是这说不明白的几个春秋，让他有些害怕见到她。见到她如何说呢？说是自己的队伍被打散了？说自己负伤掉了队？说这一路逃荒要饭才回的家？她要是问他怎么不去找队伍，他咋个回答她哟！他臊眉耷眼地低下头来，那颗怦怦跳的心，渐渐回到胸腔里，只好尴尬地搓搓手，下山去。

山下有他的娘，他的嫂子，还有哥哥留下的两个双胞胎娃娃。他现在是家里唯一的男丁，说不上顶门立户，总不能让一家子妇孺给他筹粮去。韩世良把那声卡在嗓子眼儿没喊出口的"映莲"落回肚里，一步一回头地走到山脚，望望身后，山高林密，黑压压的一座影子压下来。他攥紧了拳头，心想日子还长哩，有他在山下，断不能让映莲他们饿肚子。

便衣队里有个叫"老斗"还是"老窦"的，韩世良和他说得上话。两人配合办过几回差。韩仲华后来干脆安排韩世良专门和这个老斗接头，筹到棉布、雨伞、帐篷什么的，都由他们运上山去。老斗和韩世良说，韩仲华是个滑头的，起先不大配合他们工作，等到便衣队采取奔袭、夜袭等手段，镇压了一批反动保长和恶霸地主，这才肯骑在墙头两边倒。韩世良说，俺幺爷不是个坏人，他想得长远哩。老斗就笑，屁，他若看得到"长远"，就不会做墙头草。韩世良心想老斗说得也对，也不对，一时糊涂劲儿又上来了,好像看到自己在坡上放羊,羊吃草,草一直长到天边去,远看草色近却无。他不敢和老斗说自己以前也打过游击,只说家里少不了男人,他娘、他嫂子、他哥留下的两个没见过爹的娃娃,都得靠他。老斗表示理解,说他家五个兄弟,老四就留在家里伺候老娘。老斗还说,等俺们胜利了,俺要给俺娘把没尽的孝都补上。

这天韩仲华把韩世良叫去,却半天不说话,只捧着腮帮子,一副愁眉苦脸的样子。韩世良以为他牙疼,就说:"幺爷,俺知道邻湾有个挑牙虫的,要不俺这就去邻湾走一趟。"韩仲华摆摆手:"不是牙虫的事,是便衣队,不晓得从哪里打听到运粮队从岭上过,这就要在俺们地盘上动手哩。俺的个天妈妈,这下子搞得,你说,上头正在弄啥'雪地搜山',俺们这拐子,要是出了这档子事,直接给共产党送大礼,这不要人清命么!"韩仲华"哎哟、哎哟"地叹气,把韩世良也闹得牙疼,心想韩仲华待他不薄,这个忙要帮。

怎么帮呢?韩世良找到老斗,折了一根树枝,蹲在地上画圈。老斗莫名其妙地看韩世良唰唰画得起劲,先是画了几道圈,又画了几个叉,圈圈叉叉地连成一片,像是张地图。

"啥?"老斗还是不明白。

"这是月亮地,这是付家坪,"韩世良给老斗解释,"小保队在这里埋过人,大白天也没人敢从那里过,鬼哭得凶。运粮队得绕着走,从这拐子,"韩世良手里的树枝往上一斜,"这是山嘴,叼得住一队人马,但是到了这拐子,"韩世良又画一个圈,"就不行了……"

韩世良利用自己以前打游击的经验和对地形地貌的熟悉,有理有节地说服了老斗提前下手,避免了便衣队在韩仲华的地界设伏劫击运粮队的危险打算。后来那五百多担粮食和物资轻松落在便衣队手里,韩仲华也得以明哲保身,韩世良功不可没。

"世良,你是个人才哩!"老斗这样夸韩世良,大手一挥,拍在韩世良肩上。韩世良窘得满脸通红,赶忙扔掉树枝,两手在胸前划拉。他可不想当啥人才,他得在家里老老实实地种地,伺候老娘,照顾寡嫂和两个嗷嗷待哺的娃娃,这之外,他想得到的就是映莲。映莲在山上可好?他山重水复地想着她,想得心都痛了,却没有机会让她看到。只有等到胜利的那一天,他迎她下山来,让老斗给她说说他为便衣队和游击师做的那些事,好让她知道,他并不是一个逃兵,一个懦夫,一个叛徒。可是,啥时候才会胜利呢,他又懊恼起来,想到老斗的话,便好像看到映莲对自己生出怨言——她埋怨他哩,他不过和韩仲华一样,是个看不到"长远"的墙头草呀。

那些如花的姑娘与他的逃逸

我问韩世良,他们鲜花岭的姑娘,是不是都长得像花一样。

这回韩世良居然也听懂了,他颤颤巍巍地数着名字说:"映莲,玉兰,菊香,金桂……她们,都可好看哩。"

花一样的名字,花一样的年华。

在鲜花岭,提起莲花台上的八姐妹,人们会津津乐道。那是一群花一样的姑娘,人们说,她们在岭上开得那样绚烂,用生命成全了一部传奇。这传奇便也如漫山遍野的花一般,开在众口相传的故事里,开得活色生香。而在此之前,我是从冷冰冰的历史材料开始认识她们的。泛黄的故纸堆里,无数英勇的战斗故事,所有的英雄人物都拥有同一张板正的面孔。在某种逻辑上，英雄是没有性别的，所以你也很难从中记住八个女性的名字。她们永远只能作为一个群体出现，她们的历史标签都是：烈士。

这个初春的午后，黄水晶般的阳光洒在百岁老人韩世良的身上，整整一个世纪的沧桑，在他衰老的躯体上拓印出动荡的波纹。他和我说起她们，我支起耳朵，生怕错过一个字。我怕错过与韩世良的谈话之后，那些活生生的故事，再也不能从死的历史里复活。

在韩世良的故事里，因为映莲，他与她们产生了奇妙的联系。

映莲就像韩世良心尖上的一颗露珠，他小心翼翼地惦记着她，生怕稍一用力，她就碎了，空了，化为乌有了。她在山上，他在山下。山下起风的时候，他就想，她那里的山风不晓得有多猛，她的帐篷怕是都吹得东倒西歪。她的头发丝飞舞起来，跳着狂醉的舞蹈似的，想要赶走多日的疲劳，她伸手拢一拢它们，使它们安心地配合她的手术刀。山上不敢点灯，怕引来搜山的敌人，靠松明子燃起的那点光亮，她得用三层床单裹住，再给伤员换药。她的一双大眼睛因此没那么明亮了，熏燎得像是在太上老君的炼丹炉里折腾过，迎风流泪。风不晓得心疼她，照旧吹得呜呜响。他躺在床上，烙饼似的，翻来覆去地想，把心都想痛了。隔壁老娘咳一声："世良，你咋还不睡哩？"他慌慌地把眼睛闭上，呜哝一句："这就睡了。"

山下落了雪，他心里更不得劲，想着山上不晓得有多冷，她的棉衣棉被够不够厚实。其实想也是白想，趁着大雪封山，县上又在搞什么"雪地搜山"，那就是让莲花台上的人断炊么。

莫得吃的，映莲他们怕是连野菜也挖尽了。那些灰灰菜、岩韭菜、花儿菜、山羊桃都难觅踪迹，春天还早，天总也不亮，红军寸步难行，隔上里把路就有一座森严的碉堡，搜山清剿频仍不断，映莲有多久没吃上一顿像样的"饭"了？仅有的那一点耐寒的野菜熬成的糊糊，映莲一定舍不得自己吃，她还要拿给那些伤员哩。她虚弱的身体里已经没有一点热量了，可搜山的敌人一来，她还要背着一百多斤的伤员满山跑……呀，他想得头都痛了，也想不出她哪里来的力气。隔天早上，嫂子见他熬得通红的眼睛，就问："世良你昨晚咋又没睡哩？"他只好低头错身走开："俺给西桥头扛活去。"

西桥头幺爷家，能见到老斗；见到老斗，就能得点山上的消息，韩世良因此不吝惜给韩仲华卖力气。

这天在韩仲华家，化装成挑货郎的老斗从肩头的货挑子里拿出一块手表，得意地问韩世良："你瞅这是啥？"原来便衣队在下山冲活捉了黄顾七的妻弟兼副官葛某，将他绑上了莲花台，一番攻心教育，收效不赖，葛某下山后即送来五百块现洋及手表、西药若干。韩世良惊讶道："不知黄顾七可善罢甘休？""他奶奶的，不善罢甘休更好！"老斗伸手胡撸一下满是疙瘩的脸，"老子的弟兄们都憋坏了，就等着大干一场。"

老斗说这批药可金贵，山上妇女排的同志们都盼着呢。没有药，伤员就只能硬扛，她们看自己精心伺候的伤员挨不过恶化的伤口，天天哭鼻子哩。韩世良替映莲他们高兴，巴不得自己也变成伤员。山下的日子过得窝囊，他宁愿跟着老斗他们痛痛快快地打一场仗，哪怕断胳膊断腿儿，流血、流脓，反正有映莲给他缠绷带哩，一圈一圈地，就能把心上的伤裹上。他看着她红通通的脸蛋儿，便心满意足了，她若能为他流上一滴眼

鲜花岭上

151

泪,他便立刻死去也值得。

韩世良问老斗,妇女排的同志可打仗?老斗说,打么,俺们红军不分男女,扛上枪就能打白狗子。韩世良就想,当年映莲羡慕他们男娃娃,参军打仗,光荣得很,现在她可比他当年还威风,就像老斗说的,能拿兽骨片磨的手术刀干细活,也能拿"汉阳造"跟白狗子拼命。他比她高出一个头,见她却要低下头来。她还记得他吗?他还能见到她吗?他心里打着鼓,决定和老斗打听打听。

"陈映莲?"老斗歪着头想了想,一拍大腿,"俺晓得她哩,数她最爱哭鼻子。"

老斗说映莲心软,最见不得伤员折腾。可山上那条件,咋能不折腾?别的不说,做手术没有麻醉药,都是咬着牙硬扛。有一回映莲给伤员取子弹,那子弹可狡猾,嵌在骨头缝里,卡得死死的,偏偏没个抓手,医疗器械什么的,根本谈不上,只有一把镊子。映莲看着红肿发亮、流脓不止的伤口,先自手软了。她嘴里嘶嘶地抽着冷气,额头冷汗直冒,从被子里拆下来的棉絮做的消毒药棉根本止不住血,没多会儿她就把自己给疼哭了。那台手术,映莲是一边哭一边做完的。这笑话,莲花台上的人都知道。

"后来敌人搜山,伤员要转移,陈映莲又哭了。人家问她,你咋又哭?她说伤员的伤口本来都要愈合了,这一转移,缝合的线就得崩开。你说,这姑娘可有意思?"老斗哈哈一笑,"俺们红军战士,个个都是铁打的,哪能忍不住这点疼?"

韩世良想着映莲的眼泪,心尖儿上的那颗露珠颤了一颤。

老斗话稠,说了映莲,又说菊香。因都是从花溪村出去的,老斗还以为韩世良是帮村里人打听。

"那丫头，年纪最小，十四还是十五，比一杆枪高不了几寸，力气倒不小。伤员要转移，她二话不说就往身上背，脚还在地上拖半尺，"老斗比画着，"就这也能一口气背出几里地去……"

老斗说的张菊香，韩世良也认识，他离家时，菊香还小，常躲在她娘身后，见人只露半个脸。怎么如今也上山了，胆子还这样大，钻山洞，打游击，都不在话下。韩世良更觉得臊得慌，同村的两个女娃娃，老斗都认识，这下可把他给比到地缝儿里去了。他有些后悔和老斗打听映莲的事，自己腌臜自己。

往家去的路上，韩世良耷拉着脑袋。路边的浮雪存不住，早就被一只只脚踩成泥泞，高处的积雪却未融化，在北风里雕塑成令人仰望的姿态。白皑皑的群山的轮廓就耸立在不远处，仿佛一座座高贵而神秘的巨大塔林，唤起了韩世良再次朝圣的勇气。抬起头来的韩世良深吸了一口气，快步向家中走去。

他再次向母亲提出上山打游击的事，谁知竟引来母亲的号啕大哭。

"山上是有金么还是有银哪？你去了俺怕是等不到你回来哩！"母亲悲戚的神色像大雾一样漫上眼角的褶皱，紧接着泪水滚滚落下，水汽和雾气便一同泛滥着，使韩世良迷失在浓重的负疚感里。梅也在一旁拭泪，像是怕参与这重大的决定似的，悄悄转身出了屋去。母亲哭得更汹涌些，几乎上气不接下气："你大哥一去么，几年没个音信，俺盼得眼睛，盼不到一点光……你这又要上山……俺一个死了男人的孤老婆子，原不指望什么，你倒想想你两个侄儿才多点大？靠你嫂子一个，怕早晚得跟了别人的姓，俺们老韩家算是绝了后啦……"

母亲哭得韩世良百爪挠心，有心劝一劝，说句"嫂子不是那样的人"，想想也是白说，这事原就不是嫂子的事。嫂子是好嫂子，哥走后，拖着老的，带着小的，硬撑到他回来。他回来了，她松口气，他也替她松口气。他谢她还谢不过来哩，不能刚回来又撂挑子，让她寒心，还道他老韩家的男人没一个指得上。

晚上，歇了半晌的雪又下下来，纷纷扬扬的，拆棉扯絮一般。熄了灯，雪地里的冷光还照得四处明晃晃的。韩世良的眼睛闭不上，一闭上眼，映莲就跳出来，红通通的脸蛋儿叫白雪擦得更红了，气咻咻的样子。她跳着脚怨他，怨他是胆小鬼，是革命的叛徒。他有心掩住她的嘴，她却扭头瞪他一眼，那眼神，是根本不屑骂他。她瞪他瞪得可凶，瞪一眼，他一个激灵，比她狠狠骂他一顿还让他胆战心惊。

他睡不着，溜着墙根在雪地里划拉。脚在地上划拉一下，雪窝子就呼哧陷落一下，好像是，有个兽物在雪地里钻来钻去。嫂子"吱呀"一声拉开门，望一眼，叹一声："世良，你可想好了，山上不比山下，只怕是难回头。"韩世良一怔，他在外面的时候就想过这问题，回了头，还算是个啥？只是没想透。再说，回来的日子也并不容易。嫂子却倚着门框，像有话要说的样子，他不禁想问问嫂子，嫁给大哥，可想过回头？

莫回头，嫂子说，凡事莫回头，女人家就是这样。那么男人呢？男人更是如此，大丈夫做事莫回头。这是嫂子的观念，所以大哥一去不回，她也不怨。倒是韩世良跑回来，她先还想，这是咋回事？再一想，才明白。只是婆婆欢天喜地，她也不能赶他走。她用她那并不丰富的革命理论与韩世良讨论出路问题："上山么，那得抱着回不来的心思呀，和你哥一样。娘由俺照顾，俺没得外心，只是，你想好，到底是为了啥上山？"

这一下把韩世良给问住了。

"映莲、菊香她们走的时候,俺也想过要上山哩,"嫂子幽幽地说,"可俺扔不下孩子,还有娘……俺听说,妇女排的罗排长,怀里也有个奶娃子。为了掩护同志,她的娃娃就死在怀里……"

嫂子口中的罗排长,原是她娘家村里的,闺名叫秋红,做姑娘时两人见面总要嬉笑打闹一番。那时候日子长得很,太阳升起来,老半天还爬不到山后头。日头不转到山后边,她们便不能偷偷溜出来,总要等到家里的活都歇了,才能头抵着头说悄悄话儿。罗秋红的眉眼细长,斜斜地吊到鬓角,和戏里的人物有几分像。梅便打趣她,日后也找个戏里的人,两口子好夫唱妇随。谁知竟说准了——后来,罗秋红两口子都到了部队上,成了并肩战斗、亲密无间的好同志。这段夫唱妇随的婚姻,本让梅羡慕,然而去岁冬月里国民党搜山,夫妻俩被打散,罗秋红先是失去了丈夫,后来又失去了刚刚出生十个月的孩子。

"听说就在老鸹山下的荷花塘,"嫂子叹息道,"她是排长么,她下的命令,要跳塘。也是莫得法子,只有塘下能藏人……"

韩世良听嫂子说罗秋红的事,心里乱得很,罗秋红背上还有孩子,她明知道冬月里塘底下有多冷,大人耐得住,孩子咋受得了?想到孩子撕心裂肺的哭声,韩世良皱紧了眉头,要是换作他和映莲……

嫂子是想说,他不是那样为了革命啥都豁得出去的人吧?他心里想着的,也根本不是什么革命,不然也不会半途而废地跑回家来。嫂子这瓢冷水浇得韩世良从头凉到脚,再回屋里躺下,脑子里的映莲就变成了罗秋红的模样。其实他也没见过罗秋红，罗秋红是方是圆，是黑是白，都一团模糊，他不敢细想，怕想得太细，心里的映莲就真的变成了罗秋红。

　　大雪下了一夜，到天明时，韩世良摸到墙根的扁担，同往常一样说了声"娘，俺挑水去"，便踩着笃厚的雪窝子，朝映莲家门前的三口井方向挨过去。他娘在身后叮嘱一句"当心井沿上都是冰"，日子便如往常一样，又车轱辘般转着圈儿开始了。

　　也就是这一年，最冷的时候，韩世良听到映莲牺牲的消息。

　　在当地革命史的记载中，映莲的牺牲是教科书式的，韩世良说到这段的时候也没有加入过多的个人情感。也许在他看来，用感情来描述映莲的牺牲，是对映莲的亵渎。

　　韩世良只是平静地说："本来，她是可以活下来的……"

　　映莲有副倔脾气，韩世良和她一起长大，最熟悉她的脾性。小时候和男娃娃打架，映莲明知道在体力上吃亏，也不肯低头，非得抓挠得对方变成花脸，这才罢休。"俺不是好欺负的！"她好像不知疼似的，昂着脑袋，一瘸一拐地往回走。往后小子们就记住了，莫惹映莲哩，惹了她一准变花脸。

　　韩世良从来都是顺着映莲，他没有说过一句惹映莲生气的话，更不敢做下一件惹映莲生气的事，可这也不能得到映莲的好脸色。映莲从不给小子们好脸色，她说小子们只会"戳包"。就连地主家的少爷，她也敢摆冷脸子。乡里闹起来以后，她跟在世良的哥哥世新后面喊口号，看世良的眼色才和顺起来。韩世良难免觉得，要是没有革命这档子事，映莲或许不会搭理他。映莲牺牲的消息传来，他想着她那性烈如火的脾气，便如亲见到那天的场面一样：

　　一定是映莲身上的医药包暴露了她的身份，敌人威胁她说出伤员的藏身之处，否则就活剥了她。皮鞭紧跟着贴上来，狠狠地咬下一块块勾着淋漓血肉的破布条,雪地映着血光,分外触目惊心。雪花在飞溅的血珠中舞蹈,这些来自天空的精灵从未见过如此鲜艳的绽放,它们拥抱着映莲破碎的身体,裹住了她的鲜血和沉默。

家,早被烧光、抢光了,父母兄弟也已经被杀光、抓光了,革命者和敌人之间的界限和仇恨是天然的,这是两个阶级的对垒,至死方休。但愚蠢的敌人似乎并不清楚映莲的立场,在他们看来,一个黄毛丫头,是没有明确的政治目的和阶级观念的,她参加革命的初衷也许只是因为一张"蛊惑人心"的宣传单,或者印在墙头的一条口号式标语,没准儿,就是饥馑之下招徕人心的一碗棒子面儿粥。抓捕她的长官甚至"苦口婆心"地晓之以理,动之以情,企图劝说这个"失足"的姑娘回心转意,做个"堂堂正正"的人,毕竟一个年轻姑娘跟着"赤匪"钻山林、藏石洞、吃野菜、穿破衣绝非长久之计。

然而在倔强的映莲眼中,对于尊严和幸福的定义和反动派的看法是背道而驰的。韩世良想,映莲正是嫂子说的那种认准了路便不回头的女子。所以在日后档案馆的史料中,留下了这样大义凛然的遗言:"我们的尊严,就是不屈地战斗;我们的幸福,就是打倒国民党反动派,让老百姓过上当家做主的日子!"映莲的话,韩世良一个字也没有重复,他只是轻轻地叹息了一声,如烟的岁月就把他的爱人湮没了。

韩世良说,那位"爱惜年轻的生命"的国民党长官没能挽救冥顽不化的映莲。最终,她理了理鬓发,扯了扯身上被鞭打得稀烂的单薄衣衫,昂首阔步地走向了活埋她的土坑。当她跳下去的时候,漫天飞雪搅着枯枝败叶在怒号的狂风中觳觫,这是二十岁的青春唯一的陪葬,而那句"共产党万岁!红军万岁!"永远地定格在1935年的冬天。

被映莲掩护的伤员同志们,后来一路爬回了村,从国民党匆促掩埋的土坑里扒出了她的遗体。一位大娘脱下了自己的破棉袄。一位大爷脱下了自己的蓝布长衫。映莲破碎的身子终于被温暖地包裹起来,虽然依旧体无完肤……这是一个关于青春和信仰的故事,韩世良说得断断续续,有头无尾,他似乎极不愿意触碰那个被盖棺论定的结局。

一个道德两难的故事

韩世良和我说起罗秋红的事,与当地革命史的记载略有不同。在他看来,陈映莲是罗秋红手下的兵,当时受罗秋红的教育很深刻。罗秋红为了革命,牺牲了自己的孩子,所以陈映莲也必须有钢铁般的意志,舍身当烈士。他这样曲解历史,让他的孙媳妇感到非常难堪,忙在一旁找补:"俺爷,你说啥呢,干革命就得有不怕死的精神,书上说视死如归,就是这个意思,你莫瞎解释。"韩世良翻翻眼皮,嘟囔几句,听不清楚,也就罢了。他与罗秋红的关系不大,我猜从他嘴里,并不能掘出深刻的历史内涵。

想来,在革命史中读到的罗秋红的形象,与韩世良心目中的那个罗秋红是有出入的。究竟哪个罗秋红更真实呢?这似乎一点也不耽误重大的革命历史进程,因而显得无足轻重。我心底却有一个声音,怂恿着我在这篇小说的结尾,通过一位卷入革命暴风眼的母亲看到的中国革命最严酷的那一面,把鲜花岭上的故事讲完。

游击战争时期，莲花台上的妇女排排长罗秋红最大的牺牲，可能就是1934年冬为掩护十多名红军指战员，活活捂死了自己刚刚出生十个月的儿子。这个故事后来被广为传颂。在常见的革命叙事版本中，那个叫小蓬头的婴儿是为革命牺牲的，他的母亲为了在敌人的眼皮子底下成功掩护战友，忍痛把他按进了冬月的水塘。但我更愿意把小蓬头的牺牲看作一个道德两难的故事。这样也许更符合人性，也更符合一位母亲对故事的讲述。

1934年冬天，这是我人生中最严酷的一个寒冬，命运像是跟我开了一个天大的玩笑，让我先后失去了丈夫和孩子。他们都是我生命中最重要的人，可是我无法保护他们不受伤害。在当时的环境下，人人自危，成人无法保全孩子，很多母亲眼睁睁地看着孩子饿死在自己怀里。但我更加不能被原谅，因为我亲手送走了那个天使一样的婴儿。他已经会喊妈妈了，对我微笑的时候令人销魂。他才十个月大，眼睛和头发一样乌黑闪亮。因为我们出没在山林，居无定所，风餐露宿，大人尚且人瘦毛长，也就没有工夫给他剃头，他的头发老长老长，同志们都叫他小蓬头。

我和小蓬头的父亲是在国民党十一路军某团搜山时被打散的，当时他在放哨，而我在临时的驻地给小蓬头喂奶。听到枪声，我就知道情况不妙了。剩下来的同志们不多，枪更少，而四周武器精良的敌人虎视眈眈。我们共产党人是不怕拼命的，但在这种实力悬殊的情况下，拼命的唯一结果是全军覆没。红军主力转移后，我们的游击战争打得很艰难，眼下这十几个同志，是筛子筛下来、箩子箩下来的仅存的宝贵力量，不能硬拼，只能迅速撤离。

老鸹山下的荷花塘是个能藏人的地方，附近树丛子密，万一被发现，也可以在水中和敌人拼个你死我活。我背着孩子跑到水塘边，见满塘霜打的荷叶铺满水面，每张枯叶都有斗笠大小，人藏在下面，岸上瞧不出所以然。那天很冷，跳塘的决定是我下的，后来我想，也许这个决定本身就很愚蠢，是它把我陷入了绝境。

　　一跳下刺骨的水塘，我就意识到自己犯了个天大的错误。腊月里的冷水把孩子激得哇哇大哭，这一下我手足无措了。他原本是个很乖的孩子，打出娘胎就跟着我们出生入死，过河钻林，打枪放炮，从来不哭不闹，但是他毕竟才十个月大呀，娇嫩得像梦中的蓓蕾，怎么受得了这彻骨的寒气？

　　敌人已经翻过山头了，很快就要逼近我们藏身的荷塘，我的心跳得如擂鼓，怦怦地砸在小蓬头的哭声里。我的心肝哪，你不要再哭了，哭得为娘的五雷轰顶。那些跟着娘跳下塘的叔叔、伯伯们，他们的命都攥在你的手心里呀。不，不，是攥在娘的手心里，只要我捂上你的嘴，就……

　　电影中我们也常常遇到这样的情形，英雄们往往需要牺牲小我来成全大我。即使在道德的天平上，一条生命的分量和十条生命的分量并无绝对的倾斜，但就生命保全的自然法则而言，十还是大于一，于是，它决定了人们在进行道德两难选择时，总会大概率地偏向于多数生命的挽救——如果你手中有一个按钮，按下去，一个无辜的人肉炸弹会被提前引爆；但如果不按，他将会带着体内的大当量炸药引爆人群，在注定造成伤亡且没有第三种选择的情况下，你按，或是不按？

　　回到那个可怜的母亲做出选择的这一刻：

我不知道，我不知道怎样做才能让我的后半生不被巨大的愧疚和痛苦折磨。杀死自己的孩子，这是不可饶恕的错误，虎毒尚且不食子，我怎能禽兽不如？可是，眼前这十几条活生生的生命，他们和我情同手足，并且是因为我的一声"令"下，才造成了他们深陷绝境的困局。如果我留下孩子，同志们将无一幸免，孩子最终也无法活命；如果我不让孩子发出声息，倒有可能保全有生力量，看到希望。是的，不能让孩子发出声息，我的手紧紧捂了上去，就一会儿，孩子，就一会儿，等敌人走了，妈妈就能抱你上岸了。四周的水那样冰冷，我的手更冷，更冷……

很遗憾，母亲没有想到她想象的那"一会儿"会是整整六个小时。六个小时以后，敌人在山那边的集合号声才让游击队员们如临大赦，浮出水面。

孩子的身体已经和冬月的塘水一样冰冷了，即使母亲散发着奶香的胸膛也不可能再温暖他幼小无助的身子。

女人在战争中的生育，本就是一个悲伤的话题，生和死，一对孪生兄弟，注定如影随形。从罗秋红发现自己怀孕的那一刻起，她就无时无刻不在担心孩子的命运。还记得那天，她在大雪盈尺的深山老林里产下麟儿，"产房"是一块露天的石头，丈夫彭乃应脱下身上的旧衣裳包裹住孩子，她当时就冒出个该死的念头：这孩子不能要！在山上打游击没吃没喝的，一夜还要钻几十条山沟子，孩子留不住啊。可是丈夫说，红军一定会打回来的，到时候孩子就能过上好日子了。这个愿望没能实现，丈夫看不到了，他在那场战斗中被捕，受尽了非人的折磨，临死时被割成一条一缕的，惨不忍睹。他说他是一棵结了籽的菜，敌人能砍掉他这棵菜，但永远扫不尽撒在地上的菜籽，那些埋下的籽儿，总有一天要出土的。说得多好啊！

阳光打在韩世良被岁月削刻过的苍老面颊上，奇怪的是，那深深浅浅的老人斑和皱纹反倒使他沧桑了整整一个世纪的面容饱满起来。在一种神奇的光晕的笼罩下，他哼唱起很多年前那支无师自通的革命小调：

> 鲜花岭上出太阳，
> 革命历史第一章，
> 工农专政打天下，哎嗨哟——
> 建设共产喜洋洋……

妊娠的月亮

一

我和孙玉玲的关系说不上好赖，老侯不在了之后，更是有她没她一个样儿。通常我放学回来都是一个人找吃的，她在超市里顾不上我，我就翻箱倒柜地抠搜，有什么吃什么。有一回我把她留下来打鞋底的半盆糨糊吃了，她找了一圈儿，只找到一只空空如也的铝盆，不免大惊失色。她脸色寡白地观察了我一晚上，见没什么动静，才对着老侯的遗像叨咕一句："你都看到了啊，不是我不好好养他，每顿饭都正儿八经地做，耐不住他逮着什么吃什么。"我扒着饭碗，接过她的话："你就说我饿死鬼投胎，哪天吃死了，和你不相干就是了。"孙玉玲鼓着腮帮子瞪眼看我，想说什么，终是没脱口。我也懒得理会她，我又不是看后妈脸色下饭的倒霉孩子，我管她脸上是青是白。

孙玉玲在巷口的佳佳购超市干理货员，有时候也帮着厂家做促销，卖卖咖喱粉或是火锅调料什么的。她卖咖喱粉的时候，会事先焖上一锅白米饭，耐心地拿塑料勺舀进一个个比糖浆瓶盖大不了多少的小纸杯里，排兵布阵般在临时搭起来的铝合金台板上摆成一溜儿。她用咖喱烹饪洋葱、胡萝卜和土豆，黏黏糊糊的一摊，配以少量猪肉或鸡肉丁，红红绿绿的倒也好看。谁走过来，她就舀一勺咖喱铺在盛好饭的小纸杯里，勾芡成一坨，逮谁是谁不厌其烦地请人家品尝。咖喱饭味道不赖，人家往往吃上一坨，咂咂嘴并不立刻走开，她就开始热情地推介："你刚刚吃的是原味的，要不要再试试微辣的？"微辣之后还有中辣的，中辣之后还有特辣的，特辣之后还有变态辣的……四五坨之后，人家也吃饱了，不好意思不捎带一包咖喱粉回去，因此孙玉玲的业绩比她的脸蛋儿漂亮得多。

老侯当初看上孙玉玲，肯定不是因为她的脸蛋儿。她颊边有麻子，老是跟没洗干净脸似的，脸型也不讨巧，上窄下宽，咀嚼肌发达得像塞了俩枣，搁在现在的姑娘们身上，属于那种不打瘦脸针就活不下去的类型。不过孙玉玲的身材好，腰是腰臀是臀，单从后面看，难免让人想入非非。佳佳购的老板储大炮就馋着孙玉玲，看孙玉玲的时候，眼神往往如钩如戟，刺啦刺啦直剥衫子。孙玉玲不大睬他，但又不能把他十分不放在眼里，毕竟他是老板，不看面子，也要看饭碗。这就很微妙了，恰如桃花和流水、柳絮和风的关系，有点"和而不同"的意思，顺着，但又不给你。孙玉玲敷衍男人的功夫，是涵养了好多年的，嫁给老侯之后，才马放南山，刀枪入库，她以为我不晓得，喊，我心里明镜似的。

孙玉玲忙起来的时候顾不上我，我也懒得因为一口吃的去叨扰她，毕竟我没叫过她一声"妈"。老侯殁的时候，眼泪吧嗒地交代我，儿啊，听话；也拉着孙玉玲的手，低声下气地拜托过，玲啊，算我欠你的。但这是他俩的账，和我没关系，我活我的，和谁都不相干。

不过在学校里出了事，他们还是打电话叫孙玉玲。我想恼也恼不起来，谁让老侯殁了呢，本人又还没成年。

班主任冯老师给孙玉玲打电话，说我在学校耍流氓。孙玉玲吓了一跳，说侯江不是那样的孩子。冯老师不客气地说，你知道他是哪样孩子？孙玉玲愣了一下，慌着赔礼道歉。

回到家，孙玉玲气急败坏地吼我："你干的这叫什么事！"

"和尚道士（事）。"我把书包扔到鞋柜上，吊儿郎当地回她一句。早上走得匆忙，换鞋的时候把一只拖鞋踢到沙发底下了，我单脚跳着，拿脚趾头去够拖鞋。

"真是小和尚打伞——无法无天了。"孙玉玲的一张麻脸又变得煞白，整个身子都在发抖，"你爸不在了，没人管得住你了是吧？"

"你提他有劲么？"我喷她一句，脚趾夹着拖鞋，临空晃一晃，差点飞到孙玉玲脸上。我看到她脸上的几粒麻子吓得几乎跳起来，心里不免发笑。

"你……"孙玉玲捂着心口，仰面倒在沙发上。

我知道她虚张声势，不紧不慢地套上拖鞋，拿起鞋柜上的书包，随口问她："没病吧你？"

孙玉玲白我一眼："有药啊你？"

晚上吃的是咖喱饭，孙玉玲赶着去学校觐见冯老师，在超市煮的半锅咖喱没推销掉，就直接端回家了。我比平时还多吃了一碗，孙玉玲直叹气，说我到底是怎么长的，没见过这么没心没肺的孩子。我扒拉着饭碗，埋头说："遗传。"

我身上肯定有老侯的基因，刺儿头，不服管，脾气一点就着。当初老侯在白水坝一带，也是有点名气的，孙玉玲之所以跟着老侯，有一大半原因是因为他在地方上罩得住。据说为了孙玉玲，老侯还打过几场狠架。不过结婚以后老侯就认真过起了日子，每天起大早儿去周谷堆贩菜，再到白水坝菜市场零打碎敲地卖出去，挣点辛苦钱。街坊邻居都说，一物降一物，老侯那么不服管的人，偏肯听孙玉玲的。要是老侯早年就知道疼媳妇，我妈也不会被气死。私下里广有流言，有鼻子有眼，说孙玉玲怎么会伺候男人，招招掐死你的温柔。她一个外来的洗头妹，常年以发廊为基地，伺机发展长线客户，终于把老侯发展成了老公。这都是我七岁以前的事，我记得不很清楚，偶尔想起我妈，眼波迷离，含怨蕴愁，一副良家女子的打扮。我也不知道那是我记忆里的母亲，还是相片里的母亲，总之是一袭墨绿色百褶裙，掖腰穿一件碎花的确良褂子，温驯如一头母绵羊，其余竟毫无印象。

不过这不妨碍我把自己活成一个没妈的孩子，老侯打我骂我的时候，我就拿这一条挤对他："你打死我吧，打死我吧，让我跟我妈去呀。"我哭着喊着拳打脚踢，小小年纪竟也能折腾得老侯左支右绌。孙玉玲有时劝，有时不劝，没个准头儿，也不知她打什么主意。我想这就是后妈，要是亲生的，怎么也不肯让老侯的铜头皮带没轻没重地落在我还没来得及长开的小身子上。我有时候恶狠狠地瞪她，啐她唾沫，她也不以为意，脸上的麻子一律云淡风轻："我给你吃给你喝，又没虐待你。"想想也是，比起孙玉玲，老侯更像是我的敌人。我跟一个女人计较什么。

眼下我也懒得跟她计较。冯老师找她，肯定是加油添醋地叙谈了我在学校的不轨行为——我把半瓶红墨水倒在一条卫生巾上，趁着打预备铃的工夫，扔到靠近讲台的字纸篓里，恶心坏了一脚踏进来上课的英语老师。本来这位自命不凡的女老师腋下夹着一摞卷子，要给我们测验，结果"啊"一声，手脚失衡，白卷飞了满天。初二（6）班的学生们哄堂大笑，英语老师气得捶胸顿足，当场发誓："你们班不要学英语了，我也不会再给你们上课！"说罢摔门而去。

我就知道群众队伍不那么纯洁，肯定会有人向冯老师告发，说那条卫生巾是我扔进字纸篓的。不过那也没什么，一人做事一人当，没什么不可以坦白的。全班人都不想英语测验，我代表他们采取了行动，结果这堂课没能测验成，达到了可以告人的目的。就这么简单。冯老师不相信地看着我:"你疯了吧?""我哇瑞挂的(very good)。"我无所谓的态度惹恼了冯老师,他罚我站了仨小时,直到天黑孙玉玲把我领回家。

"我是管不了你了,"孙玉玲牙疼似的鼓着腮帮子,把空碟子空碗摞起来,"不过早晚有人收拾你,你长点心吧。"她捧着一摞碗筷进了厨房,我四仰八叉地坐在椅子上,仰着头不搭腔。吃饱了真累,手脚摊开,才能把自己舒服地晾在空气里。脑子里供血不足,血液都涌到饱胀的腹部去了,我想不出有什么词语可以表达饱食终日无所事事的美好心境,就夸张地打了个嗝。

厨房传来哗哗的水流声,间或应和着隐约的叹息。

二

在冯老师眼里我不是个好学生,当然我也不屑成为冯老师眼里的好学生,这就跟冯老师不想成为我眼里的好老师一个道理。开学第一天,他就给了我一个下马威,原因是我早读迟到了一分钟。原本迟到一分钟不是什么了不得的事,好多同学都迟到,低头认个错,夹着尾巴回座位就好,不过我颈椎有毛病,该低头不该低头的时候,一律引体向上地昂着。冯老师一瞪眼,我反倒乐了,结果被赶到教室外面,在走廊看了一上午的风景。中午放学,冯老师问我是不是认识到自己的错误了,我说我的错误就是来早了,要是再迟点儿,横竖等早读结束,您逮不着我,反倒可以直接进去上课。冯老师气得语无伦次,你你你,伸手指着我的鼻子,兰花指都给逼出来了,从此认定我是个坏学生。

看不顺眼是一种交互式的人际行为,越看不顺眼,就越想找碴儿，越找碴儿就越以为是对方的错儿。在冯老师看来，我丢卫生巾是严重的挑衅行为，我也懒得跟他解释我莫名其妙的个人英雄主义冲动。和许多正当年的少男一样，我身体蓬勃而内心肿胀地野蛮生长着，只不过他们有爹有妈，膨胀得比较内敛；我呢，不用为谁的面子里子负责，老侯和我妈都仙游去了，孙玉玲不过是个假把式，她也犯不着为我的事真往心里去。

偶尔也会想起仙游的老侯和我妈，他们在哪儿飘着呢，怪有意思的，我因而对生命丝毫没有敬畏之感。生命是什么？半精半卵的一坨，源于男人向女人的一次求欢。这个意象放大了看，就是孙玉玲舀进纸杯请人免费品尝的咖喱饭，廉价，而又不乏诱惑。结果是，走过路过的，都没错过。

我和谁都不亲，和谁亲都不屑。人在本质上没有分别，却硬要分出三六九等来，高等的看不上中等的，中等的呢，压根儿不觉得人瞧不起他有什么不正常，因为他看到下等的，眼梢也那么不自觉地吊起来。这样一辈儿传一辈儿，大家都觉得没问题，那么问题出在哪儿呢？谁天生是高等人，谁又天生是下等人呢？这些问题找不着答案，父母自己不明白，学校里也不教，反正就是混呗，总能找到一种自洽的活法。

我把自己混到了教室的最后一排，左右都是志趣相投的兄弟，走得最近的，是个叫板头的家伙。板头大我几个月，却矮我半个头。这个满脸痤疮的矮冬瓜身残志坚，每天躲在阳光照不到的角落，拿一只小镜子挤脸上的油痘。挤一下，就往桌肚底抹一下。没人敢用他的桌子，翻过来都是星星点点的脓血和皮脂。你要是想吓唬前排那些小女生，这个最好使，想想那些姑娘吓得花容失色高声尖叫的样子吧，简直爽爆了。

这些姑娘当中最出色的那位叫米妮。因为她，班上的男生个个都想当米老鼠。冯老师对米妮也青眼有加，原因是米妮既是好学生，又是女学生，而且是漂亮的女学生。这种成绩好的漂亮女生，和我们不是一路人，甚至轻易不会走到我们后排来。要不是帮老师发作业本，米妮应该是懒得看我们一眼的。我们借此机会肆无忌惮地看她幼白的脖颈、粉嫩的脸蛋以及微微翕张的樱唇，这些都有助于丰富少年的梦。

我和米妮是纯洁的优等生和差等生的关系，我从不正眼瞧她，看美女必须角度刁钻。当然米妮也不曾正眼瞧过我，我们打了个平手，有点旗鼓相当的意思。这使我的想象张开翅膀，认为我们表面上虽没有任何交集，实则暗地里有情有义。也许有一天离开学校，我们会在街头的转角再次相遇，见到了，也没有任何狎昵的表示，不过淡淡一笑，互道一声，原来你也在这里。这就很能够回味一生了。

你看，我十四岁的时候已经想到漫长的一生，可见是个多么忧郁而浪漫的人。但所有人都无视我这个宝贵的品质，相反，他们认为我追求物质享受，今朝有酒今朝醉，做一天和尚撞一天钟，照孙玉玲的说法是，没心没肺，败家玩意儿，熊孩子根本想不到比眼前多一分钟的事儿。

放学的时候，板头喊我："侯子，留步说句话。"

我就留步，听他有什么高见。反正放学也不想写作业，回家太早了，太阳还没下山呢。通常是去逛街，但也分时候，有钱的时候和没钱的时候。孙玉玲对我不算小气，在这一点上，我承认，有个后妈到底比没有妈要强些。但也经不住我大手大脚地花。她说得很明白："我一个月也就开一次工资。"考虑到成人之前，我还要靠她养活，倒也不便把她逼急了。

我没想到板头留我是为了米妮。

板头说他有个哥们儿看上米妮了，请我帮个忙。我说我跟米妮不熟。这是实话，要不是冯老师一天惦记我好几次，米妮未必叫得出我的名字。板头揽着我的肩膀说："不熟没关系，就搭个话头。"他个子矮，揽着我的时候像挂在我身上，感觉占我不少便宜。我把他的胳膊拧下来，又把自己的胳膊搭到他的肩头，这样就顺眼多了。"搭话头？怎么搭？你搭我看看。"我怼他一句。板头生气了："是不是兄弟？"我斜眼睨他："是兄弟怎么样，不是兄弟又怎么样？""来劲了吧，不就你颜值高吗，都知道'钢圈牙'给你传过纸条。"他说的是米妮的同桌王菁菁，牙上勒一钢箍，说是正畸。板头想请我托王菁菁转告米妮，明天放学大门口左边五十米"么么哒"茶饮店见面。我去，这话传的，太不符合经济学原理了。"米妮去呀？她傻呀？""所以你先出面请'钢圈牙'喝一杯。""凭什么？""凭你玉树临风，仗义疏财嘛。""没有，可以仗义，架不住财疏，玉树也怕风大折了腰。""瞧你这小家子气的。"板头伸出两根指头，夹着一张五十元的钞票，绿莹莹地在我眼前晃悠。

　　就这么愉快地决定了，我约"钢圈牙"去茶饮店喝东西，条件是她带上米妮，我带上板头的哥们儿。

　　老实说我不认为米妮会答应，我先把钱装进自己兜里再说。没想到王菁菁一口应承下来，还真把米妮带出来了。当我在"么么哒"见到米妮的时候，差点咬断自己的舌头。"侯江，"米妮从玻璃门后面转出来，糖稀一样软软的阳光刷在她清透的皮肤上，使这姑娘看起来像一盘诱人的食物，我几乎能听到旁边板头的哥们儿，那个叫老刀的家伙吞咽口水的声音，"你可以呀，这么直接把菁菁约在学校门口，不怕冯老师看到？"说完米妮捂住嘴巴，不好意思地轻笑一声。这红口白牙的，真是让人怦然心动。

不过我还记得自己是介绍人的身份，一念之间罢了，怦然心动也就那么回事。坐，我招呼各人落座，把老刀介绍给米妮和王菁菁，又把米妮和王菁菁介绍给老刀。米妮笑盈盈地望着我，眼睛在我和王菁菁身上转来转去。她还以为我不好意思，第一次约女孩子，拉个兄弟来壮胆。我也就不说破，由她去自以为是地畅想。

三

我回家的时候，孙玉玲正好下晚班回来。走到巷子口，撞上了，她身后还跟着面目模糊的储大炮。昏黄的路灯下，储大炮浮肿的脸盘油腻发亮，五官反倒挤对得不明显。他一手插在裤兜里，一手兴奋地比画着什么，也不管孙玉玲只拿后脑勺对着他。见到晃晃悠悠甩着书包的我，储大炮主动跟我打招呼，我笑不唧儿地哼了一声。孙玉玲蹙着眉头，一撇嘴角，喊。也不知她"喊"的是我，还是储大炮。

"那……我，我就送到这儿？"储大炮赔着笑脸，身子往后撤。孙玉玲不置可否。我打个哈哈，做个"请"的手势。

细脚伶仃的路灯滑稽地站在路边，一声不吭地把储大炮送走了，单留一条肥大漫长的影子，越来越大，越来越长，越来越淡。

我跟孙玉玲开玩笑："老侯都不在了，你又何必拒人于千里之外？能凑合，比单着强。"

孙玉玲啐我一口："你心眼儿倒比屁眼儿大，没听说过儿子催着妈往外嫁的。"

"你儿子这不心疼你没人疼么，我又不能跟你一辈子。"我顺嘴出溜这么一句。

孙玉玲眼睛一亮："你再说一遍，我是你妈不？"

我一愣，心说，靠！甩起书包噔噔噔往前走，把孙玉玲孤零零留在身后。昏黄的路灯在她脸上打了层蜡，脸盘子上的麻点儿受了气似的一个个往外蹦。

"哎，你跑那么快干什么！"被我施法定在灯下的孙玉玲有些莫名地抓狂，几乎歇斯底里地嚷嚷道，"赶着去投胎啊？"

谁扔下的易拉罐横在当道儿，我猛踢一脚，喧啷一声，滚老远。只听她在背后幽幽叹了口气，像是自言自语："下辈子吧。"

进了屋，我把书包和自己撂在沙发上，两只鞋子横一脚竖一脚地胡乱蹬在门口，又惹来孙玉玲的不满。埋在沙发里"葛优躺"的我，躺在一片软绵绵的虚无里，摆摆手让她别聒噪，我饿了。孙玉玲一惊一乍地问你这么大个孩子怎么不知道吃饭？我挪挪屁股，掏掏左边兜，又掏掏右边兜，让她看清楚白花花的口袋布。展示完一穷二白的裤兜，我眉毛一挑，做出个游戏人生的表情。

孙玉玲一边不情不愿地骂骂咧咧，一边手脚麻利地煮了锅面条。切葱段儿，摊荷包蛋，点麻油，一气呵成。不大会儿工夫，端上桌，热气腾腾。面锅也不大，我懒得拿碗，凑手端上锅吸溜着吃起来。面条烫嘴，锅里的蒸汽熏上来，一阵阵儿地辣眼睛。我眯着眼吸溜面条，透过氤氲的热气，看到孙玉玲把我的书包翻过来，皱起眉头啧啧嘴，又从屋里拿来针线。书包带子的接头处裂开好多天了，我没管它，就等着彻底断开，和书包说拜拜。见孙玉玲低着头一针一线地缝，我"哎哎"地喝阻她多此一举，敲着锅沿说："费那事！"孙玉玲头也不抬："甭想我给你买新的。"我龇牙一笑："不花你的钱。"孙玉玲还是不为所动："就你这败家孩子，我先缝上再说。"手上走着针线，肩胛上纷披而下的发丝微微颤动，"你妈要是在，也得缝。"

我就不言语了，随她趟着针脚，嗤嗤有声。

孙玉玲生不了孩子，她先天性输卵管堵塞。嫁给老侯之前，她差点儿就结婚了。可男方一听她不能生孩子，扭头就走，照孙玉玲的原话，谈了三年恋爱，人家放个屁似的就把她给放了。遇到老侯，孙玉玲也觉得是缘分。换作是头婚的男人，就算人家赌咒发誓，没孩子也成，她不免心有负累；老侯有我，日后不缺摔盆打幡的，她捡个现成便宜，落下心安理得。这笔账我心里清楚着呢，不过是坡下驴的事儿，我有亲妈，孙玉玲算哪棵葱，下面条当作料还差不多。

想到我亲妈，按理说该一把鼻涕一把眼泪，可我想她的时候不多，即使想起来也没什么感觉。那个一袭墨绿色百褶裙，掖腰穿一件碎花的确良褂子的良家妇女，怎么看都该嵌在相框里，端庄地挂在墙上，缺少一种湿润的温度。孙玉玲呢，则接地气得多，她有时候很妖冶地穿着黑丝和超短裙，在热闹的大街上扭来扭去；有时候又很朴素地勒上围裙，戴副塑胶手套，在厨房、餐厅和卫生间里里外外地忙活；尤其是啰唆的时候，特别像一亲妈，那么事无巨细，那么口无遮拦，数落我就像打嗝放屁——老侯在的时候，孙玉玲似乎还有所顾忌，后来老侯一蹬腿儿，我们之间的关系逐渐胶着，终于密不透风，插不下任何客气和谦让。

我和孙玉玲相处了整七年，比我跟亲妈待在一块的时间还要长。相比之下，前面那六七年离得越来越远，并且随着岁月流转，在整个生命过程中的浓度也被稀释得越来越不像话。一锅面条吃完，我心满意足地打着饱嗝，腆着肚子回到自己屋里。窗户外面，月亮升到半中天了，四周围沤着一团雾样的云朵，看上去毛毛糙糙的。星子也稀，藏在暗处若隐若现。仰望稀里糊涂的星空，我长长地吐了一口气："啊——"

客厅里传来孙玉玲的咋呼声："吃饱了撑的，鸡毛子鬼叫什么呢！这都快半夜了啊！"

这一夜我睡得很瓷实，可能是吃得太饱的缘故，平日里那些稀奇古怪的梦一个也没做。天亮爬起来上学，见门口鞋柜上搁着一张面值100元的崭新钞票，红通通的毛主席头像和蔼可亲，我毫不犹豫地揣进了裤兜。当然，为了报答，临走的时候我蹑手蹑脚的，关门的声音也着意放得轻巧了些——孙玉玲今天休息，赖在床上还没起。

四

因为板头的关系，老刀和我开始走动。他和米妮搭上话头之后，我就功成身退了。作为介绍人，出了"么么哒"茶饮店，他俩爱咋咋的，干我屁事，我又不包他结婚生孩子。不过老刀的追求过程好像不大顺利，难怪，米妮怎么可能和他走到一起呢？想吃天鹅肉的蛤蟆多了去了，凭什么他吃得着？

为此上了当的米妮对我多有嗔怪，她瞪着毛茸的大眼睛诘问我，为什么要出卖她。

"没有哇，天地良心，我和你有交情还是有盟约？既然都没有，谈何出卖呢？"我无赖地装作一脸无辜的样子。米妮咬着樱花瓣儿一样娇艳的嘴唇，一跺脚："我和你到底是同班同学，难道没有友谊吗？""你说有就有，"我立刻同意她的观点，"我也觉得我们的友谊可以再发展发展。"米妮脸红了，感觉自己又上了当。从此发作业本儿的时候，她总是把本儿摔在我桌上，眼睛也瞪得比平时大。旁边的人就起哄，噢，噢，米妮的脸更红了。

再说那个叫老刀的家伙，小学毕业后就没再念书，整天东游西逛，又潇洒又凄凉——他爸他妈离婚之后都另起了炉灶，再度生儿育女，老刀因此成了多余的孩子。八十岁的爷爷管不了老刀念书的事，老刀也不觉得自己在念书这方面有发展的余地。那么与其当断不断，不如早点了断。老刀丢了书本之后，也觉得无聊，有次来学校找板头玩儿，恰巧碰见米妮，惊为天人。通过我介绍认识米妮之后，老刀又约了米妮几次，当然次次惨遭拒绝。老刀问我有何良策。我说，这事儿跟你念书一样，当断则断。

老刀追求未遂，心思也就渐渐淡了，毕竟是个天真无邪的闲散少年，吃喝玩乐乃第一要务。他爸他妈每月把抚养费打到他在中国银行开设的户头上，老刀因而比我和板头都阔绰得多。下馆子，打游戏，K歌，看电影，多是老刀付账，大方得让我们几乎有种错觉：老刀背后是整个中国银行。

有了老刀加入之后，放学后的节目丰富多了，不过我的学习成绩依然稳定，因为照冯老师的说法，我已经没有下降的空间了。我们仨很快结拜为兄弟。老刀念小学的时候留过级，故而长我和板头一岁，况且出去玩儿都是他买单，我们心甘情愿奉他为大哥；板头大我月份，沾沾自喜地当了老二；我排行老三，但兄弟们也都尊我一声"三哥"。这组合没毛病。

孙玉玲发现我回家的时间越来越晚了，就叉着腰问我怎么回事。我说冯老师找你了还是公安局找你了？要是都没有，你就把心放肚子里。我这么大的人了，知道自己在干吗。孙玉玲扑哧笑出声儿来："你，鼻屎大的人，口气倒不小。"我不高兴地拨拉掉她伸到我面前的手指头，翻个白眼说："储大炮收买过我，我是念着咱俩的交情，才没给他腐蚀我的机会。你要是这么不懂事，我可就不再拒绝他的糖衣炮弹了。"孙玉玲一时气结，像只冒泡的螃蟹似的吐一句："嗨，这倒霉孩子。"

在我的教育问题上，孙玉玲不抱有太大的希望。一方面是基础不咋样，她和老侯都不是文化人，我亲妈活着的时候，除了勤俭节约和贤良淑德之外，也没表现出什么过人的才情；另一方面，孙玉玲信奉一棵草顶一颗露水，咋样都能活人，没必要千军万马跟人争着抢着趟那座独木桥——既然考大学不是问题，学习成绩也就没那么重要了。老侯生前给她交代过，"给口吃的"，"别学坏"，就这两条，其余没什么想法。所以她也这么要求我，"吃饱了"，"别惹事"，她算对得起老侯。

我既答应不惹事儿，她也乐得消闲，仍旧打扮得横看成岭侧成峰，妖妖冶冶地去佳佳购超市卖她的咖喱粉和火锅料。高兴的时候主动给储大炮飞媚眼，不高兴的时候面对储大炮的殷勤直翻白眼。储大炮摸不透她的喜恶，她的喜怒无常反倒成了致命的吸引力，折腾得储大炮神魂颠倒。

有一回储大炮把我约到火锅店，诚心诚意向我讨教，问老侯当年是怎么把孙玉玲娶回家的。我一边嚼着汤水淋漓的大渝毛肚，一边说叔你太难为我了，老侯跟孙玉玲好上的时候我才多大？光记着我妈含愤而亡了。

"那孙玉玲到底是不是？"储大炮把滚在锅里的羊羔肉抄起来，一股脑儿堆在我碗里。

"是什么?"我装傻充愣。

储大炮咽口唾沫,小眼睛眨巴着:"小三儿。"

"严格意义上不算吧。"

"这话怎么说?"

"我妈死之前,孙玉玲就来这片儿给人洗头了,不过那会儿,他俩还没勾搭上。"

"老侯说的?"

"我信他那张嘴!"

"那是孙玉玲说的?"

"后妈的话能信吗!"

"嗨,你小子,"储大炮摸着青魆魆的下巴,身子情不自禁地往后仰,"说说。"

我用筷子尖儿拨拉着碗里的羊羔肉,挑精拣肥地喷喷嘴说:"我只能说到这儿了,这顿也就值这点料哇。"

"好,好,下回接着聊。"储大炮笑着点头,往后屁兜儿里摸钱包,"老侯养了个好儿子。"

老侯养的儿子好不好,别人说了不算,我说了才算数。有人认为很不好,比如冯老师,再往前,还有我小学时候的班主任。我上小学的时候,老侯还在,出了事儿,都是他往学校跑。班主任瞧不上我,连带着也瞧不上老侯,或者倒过来,因为她瞧不上老侯,连带着也瞧不上我。老侯批评过我,说你怎么就不能争点气。我说你给我争气了吗?我同学的爸爸,不是这个"总"就是那个"长",我说什么了没有?老侯就不吭声儿了。

作为一个曾经混社会的菜贩子,老侯非常重视言传身教。

我考试不及格,老侯也着急,可着急归着急,学习不属于他擅长的科目,吼吼也就算了。我要是跟人打架,老侯就上心得多。首先是问我打赢了还是打输了，其次才问我为什么打架。这两个问题的逻辑关系是：如果我打输了，不管是不是别人先动手，我都欠揍；倘若我打赢了，他才关心是我先动的手还是别人先动的手，因为要考虑是否造成影响，要不要到学校赔礼道歉。

在这样独树一帜的教育观念下，我三年级以后基本上打架没再输过。

当然打赢了也很麻烦，老侯会被叫到学校去挨训。多数时候老侯都唯唯诺诺，但有一回班主任絮叨得狠了，训了整整一个小时没让老侯抬头。老侯头天恰好输了一场麻将，又被孙玉玲在门外关了一夜，结果没忍住，终于揭竿而起。

那次具体为什么事打架我已经记不清了，反正是芝麻绿豆大的小事儿。后来对方挠了我一爪子，我就给了他一个扫堂腿。再后来武斗升级，一发不可收拾，同学老师围了一圈儿，跟看猴戏似的，特别热闹。本来这种小孩子之间的打闹没有什么原则性可讲，也说不上谁对谁错，可是我有一部沉甸甸的斗殴黑历史，对方的爸爸抓住这一点，硬说我寻衅滋事欺负他儿子，不依不饶地在学校里闹得不可开交。老侯被叫去之后，班主任和对方的爸爸合伙儿把他训得跟孙子似的。任老侯怎么道歉，这事儿都过不去，那人颠来倒去就那么一句："你儿子凭什么打我儿子？"

老侯输了麻将，又被孙玉玲在门外关了一夜，心里早就烦得不行，那人的每一句聒噪在老侯听起来都是一次撩拨。再加上班主任拉偏架，不掸气儿地数落他老侯的儿子不好，终于，老侯猛地昂起那颗整整一个小时没机会抬起来的头颅，瞪圆了煞红的一双眼，当着班主任的面，封住了那人的衣领子。"哪儿来那么多废话！"说着一拳塞过去。

班主任吃惊地张大了嘴巴，看着两个男人揉作一团。老侯边打边嘶吼："你现在知道我儿子凭什么打你儿子了吧！"

五

时光一逝永不回，往事只能回味。关于老侯，值得回味的事儿不多，因为我打架而跟别人的爸爸打架算一桩。那一战之后，老侯在我们学校就成名了，班主任再也不叫他去学校训话。老侯对我说："我只能帮你到这儿了，以后的路，得靠自己走。"他说这话的时候，笑得比哭还难看。

我一直以为，老侯对不住我妈。他爱赌，臭脾气，做事虽然麻利，但净说些人家不爱听的话，以至于经常做了好事却留下骂名，照我妈娘家人的原话，"是个十足的混蛋"。在赌这件事儿上，我妈劝了老侯十万八千次，每次老侯都点头说好，完了扭屁股一上麻将桌，又忘在十万八千里开外。我妈哭也哭过，闹也闹过，没用。没用也就死了心。

一个死了心的女人什么样儿呢？她在梳洗打扮方面完全提不起兴趣，面色苍白，嘴唇发青，原本俏丽的脸蛋儿变得削尖，兀立的颧骨上方挂着两只黑眼圈，走起路来摇摇晃晃，一阵风就好像把她吹到天上去了。我妈骇人的样子，老侯看不见，或者见着了，也没往心里去。他依旧忙忙碌碌的，跟兄弟们喝酒、打牌，要不就是喝酒、打架。那会儿我还小，对老侯没什么印象，因为他总是等我睡了才回家，我妈送我上幼儿园的时候，他又趴在床上呼呼大睡。他成功地活成了我妈口头上的"你爸"。如果不是我妈吓唬我，"等你爸回来收拾你"，或者，"跟你爸一个德行",我都不知道我确实还有个爸爸。

我妈是累了。

她累倒在病床上的时候,薄得像一片纸。

老侯跪在床头,一副追悔莫及的嘴脸,但是任凭他怎么忏悔,我妈都不再原谅他。她直挺挺地望着天花板,每说一个字,就要歇上一会儿:"我、我……这辈子,大概是……欠你的,如今……算是,还清了。我……得走了,不然我……连自己,都,都,原谅不了我……我自己。"

我妈就这么说着绕口令上了路,不愿意多看老侯一眼。可能看到老侯,她会控制不住自己的委屈,一心想留下来跟他算账。这男人,骗光了她的青春和爱情,最后赤裸裸地告诉她,完全没有还本付息的能力。她已经把后半生都搭上了,还能说什么?"儿……子,"她艰难地扭着头到处找我,"妈妈……太累了,等不到你……长大,你自己要乖……"

算不上含恨而终,临走的时候她好像舒了口气。

我妈走了之后,姥姥舅舅们和我们家彻底断了关系。实际我妈走之前,他们也不爱搭理我们。我妈是一意孤行嫁给老侯的,我都生出来了,她还不大敢回娘家。娘家哥哥都是有头有脸的人,老侯这样连份正经工作都没有的社会闲散人员,实在有些拿不出手。况且老侯的嘴巴又臭,死要面子。恋爱的时候,因为爱情,不管不顾,结了婚才回过味儿来,过日子靠的是经济实力。老侯没定性,东一榔头西一棒槌的,收入也就不稳定,家里急用钱的时候,往往凑不上手。你说他不挣钱吧,花钱偏又大手大脚,高兴起来,花几千块给你买件花里胡哨的首饰。你还不能说他,因为他喜欢你才给你买呀。当然更多的时候,钱都花得莫名其妙,可能在牌桌上,也可能在大排档上。大舅子说了老侯几句，老侯就当着一屋子亲戚朋友的面儿奓了毛，先拍板凳，后掀桌子，闹了个天翻地覆。我妈声嘶力竭地哭着摁住他，从此娘家不来往。

我记得很清楚，我妈走那天，是个满月。

春天已经很深了，稍微走几步路就穿不住外套，人民医院住院部大楼窗外的花香里萦绕着蜜蜂的嗡嗡声。我一整天都在幼儿园里老老实实地待着。再有一个月，我就要从幼儿园毕业了。老师已经带我们参观过隔壁的小学，我知道以后要背着书包去上学，教室也和我们现在的不一样，不是小朋友们围坐一圈儿，大家相互能看到对方的笑脸，而是一排一排的，只能看到黑压压的后脑勺。我妈病了之后，一直是老侯送我上幼儿园，我希望上小学的时候，妈妈能好起来。因为我不喜欢老侯送我，他总是自顾着走路，一步迈我两步。我拉着他的手，小腿儿使劲倒腾也赶不上他，搞得我像是一个拖曳物。

这天老侯把我从幼儿园里领出来，走道儿却是一步缓似一步。他低着头慢慢走着，好像在心里一格一格地默数人行道上的铺砖，没完没了。我都有点着急了，问他为什么不快点。老侯停下来，俯身望着我，可能是觉得高度不合适，接着又蹲下来，眼睛平视着我的眼睛。"儿子，"他对我说，"今天咱们先不回家，去医院看妈妈。"

"妈妈说医院里病菌多，不让我去。"住院前，我妈交代过，孩子小，没必要两头跑，该上幼儿园上幼儿园，该回家回家，老侯的主要任务是照顾我，她不用他照顾。

"妈妈……想你了，"老侯困难地做了个吞咽的动作，"今天去看看妈妈吧。"

我和老侯来到医院，就看到了那个薄得像一片纸一样的妈妈。

"妈妈。"我趴在雪白的床单上,小小的身体被白云托起来。

妈妈笑了。她的笑也那样薄,薄得一戳就破。即使这样薄的笑容,我都担心她是不是能撑得住,因为她的身体实在太虚弱了,游丝一样的气息若有若无,我拼命也抓不住。

"妈妈,"我情不自禁地伸出手去,"妈妈……"

我终究什么也没抓住,当天晚上,我妈停止了呼吸。月亮好圆呀,一动不动地挂在窗户外面,胖乎乎的,银盘似的一轮。可能是被忧伤浸泡透了,圆月不想动,也动不了,肚子越涨越大,表面皱起深红色的裂纹,好像随时会在深蓝的虚空中爆炸。我害怕地躲进老侯的怀里,老侯抱着我,轻轻打着节拍,抚着我的后背说:"十五了,月亮就圆啦。"过会儿又苦笑一下,"十五的月亮十六圆,有意思,不过圆了又会亏,亏了又会圆……""月亮圆成一个球了,肚子里都是气,会炸吗?"我担心地问。"也许吧。"老侯向我坦白他的无知,"但也说不定。这世上的事都说不定。"

这世上的事都说不定。

好比老侯这样混蛋的男人,遇到孙玉玲之后,竟然转了性。

六

孙玉玲在我妈走之前就来白水坝了。那时候她在"发飞丝"给人洗头,一个头能赚五块钱。作为外来的妹子,孙玉玲拿出了与生俱来的泼辣劲儿,很快在当地站住脚。有一大批三十到五十岁的男人成为她手下的常客。她的手原本又细又长,乍一看像弹钢琴的,细看,却像弹棉花的。她挣钱并不轻松,含有化学制剂的水流不断冲刷和浸泡她的双手,并且由于她的耐心和细致,每个头都要重复揉捏三遍以上,因而她的手比别的洗头妹更加粗糙膨大一些。

在认识老侯以前,孙玉玲已经认了命。她认为自己不配拥有正常的家庭生活,唯一的人生目标就是存点儿钱,以免后半辈子太过凄凉。事实上认识老侯以后,她也不觉得这是个可以托付的男人。老侯名声不太好,他对前任老婆的种种令人发指的过失,已经传遍了整个白水坝。有次孙玉玲给老侯洗头的时候,哪壶不开提哪壶地说到了这件事,老侯顷刻变了脸色。孙玉玲想收口已经收不回去了,索性直言不讳地说出了自己的感受。她说老侯之所以能够欺负自己老婆,是因为他老婆愿意受他欺负。这一来老侯怔住了,脸色白了青,青了紫,紫过又转红,最终呈现出层次丰富的火烧云的颜色。

那以后,老侯就常常去找孙玉玲洗头,一边洗,一边聊。具体聊什么,只有他俩知道。不过旁边的人经常能听到孙玉玲咯咯的笑声,老侯则一本正经地说,你别笑,我说真的。孙玉玲抓挠着老侯的头颅,轻一下,重一下,急一下,缓一下,水花四溅,细腻的泡沫在指缝间噗噗地轻轻裂开,裂变出一些奇妙的玫瑰色的气息。

不久,老侯跟人打了一架。

传言是因为争风吃醋。这事儿孙玉玲后来也认可,这样一来,两人走得更近了。

临结婚前,又打了一架。

这回是因为孙玉玲有了倚仗,不肯老老实实洗头,顾客反映她抓挠的力度和节奏都不对,而且只洗了两遍。

孙玉玲说明明洗了三遍,顾客睡着了。

那个肥头大耳,颈项间挂着手指粗的金链子的顾客则满嘴喷粪:"你个小娘们儿才睡着了呢,老子数得明明白白,怎么着,不想干了?就算是嫁人也没有这么个急法儿,给老子再洗三遍!"

来接孙玉玲下班的老侯直接从水槽里拿了水枪,滋在顾客脸上。一边滋,一边破口大骂:"老子今天去登记,光是等你这猪头就等了一个钟点。不是嫌我老婆洗得不干净吗?老子亲自给你洗洗!"

因为没有正确估计打架的时间,老侯和孙玉玲去婚姻登记处的时候,人家已经下班了。结果他俩结婚比原定的日期晚了一天,孙玉玲好一阵子都耿耿于怀。她到底是头婚,专门去开福寺求师傅择的日子,怎知被搅黄了。她就偎在老侯怀里嘤嘤地哭,哭得老侯百爪挠心,不得不给她买了一只名牌包包。

老侯遇上孙玉玲,犹如一头野猪拔下了獠牙,一匹野马套上了辔头。这一点也很难跟外人解释,总之老侯眼观鼻鼻观心地过起正经日子,偶尔犯浑,孙玉玲也总有收拾他的手段。不像我妈在世的时候,横竖拿老侯没辙,只能怨自己眼瞎。

孙玉玲给我做好吃的,又给我买衣服鞋子,致力于做一个让街坊邻居挑不出错儿的后妈。我一眼就看穿了她龌龊的心思,偏不配合她。我最不缺的就是妈。不管是孙玉玲,还是张玉玲、王玉玲,都是可疑的雌性生物,她们可以轻而易举地占领老侯的钱包和床,但妄图取代我妈的位置,可没那么容易。在这一点上,儿子永远比丈夫忠诚坚定得多。

冯老师又打电话把孙玉玲叫到了学校。

孙玉玲气急败坏地问我:"你脑子让狗吃了?"我不理她,脑袋耷拉着,不知道的还以为我颈椎断了。这回的事怪我,是有点缺心眼儿了,我没脸跟她吵吵。何况为了去学校赔礼道歉,又耽误她一锅咖喱饭。

冯老师捂着脸对孙玉玲说:"你要是不把侯江管好,就只好交给专业的人去管,派出所和少管所可都是现成的,往后还有大狱,有他蹲的时候。"

孙玉玲"哎哎"地点头,一脸同仇敌忾之情:"得管,得管,这小兔崽子无法无天,就差麻烦警察同志了。您大人有大量,我回家找他算账去。"

冯老师的脸是歪的,孙玉玲吸溜着冷气,尽量不去看他那张扭曲的脸。可又不能无视冯老师,那样未免显得不够尊重,只好不停地点头,捣蒜似的。

孙玉玲骂我没脑子,出了事儿还往上凑:"你不会跑哇?还杵在那儿等警察。"

"我就是跑了,警察也得找我。"

"他们回头找你那叫调查,和抓现场能一样吗?"

孙玉玲教训得是啊,我张大嘴巴,茅塞顿开。

事情不复杂。老刀给米妮送花,米妮报告给了冯老师,说有流氓在学校门口堵她。冯老师到学校门口一看,老刀一个半大孩子,也没放在眼里,端起老师的架子,开始教训人。老刀自从离开学校,最硌硬的就是老师,当下没跟冯老师客气,言语冲撞之间开始推推搡搡。冷不防老刀弯腰捡了块砖头,对着冯老师的嘴巴抽过去。

我正好在旁边站着呢,得了手的老刀就嚣张地喊我:"走,一起去吃烧烤哇!"

后来两个门卫把老刀控制起来,还打了110。

这事跟我有关系吗?我也有点儿蒙。出事的时候,我和围观群众一样，忍不住雀跃的心情，凑上去瞧热闹。我哪知道老刀打的是冯老师，他们两个，虽然任何一个人搞事情我都有兴趣观摩，但是合到一块儿，我却最好避而远之，这是基本的常识。不过当时我看米妮这样的姑娘都往里钻，就以为这个热闹不可错过。结果瞧热闹的直接后果是——冯老师恶狠狠地盯着我，死活不让我走。并且既然老刀当着数以百计的围观群众（其中还有相当一部分是同窗共读的学友，包括米妮的大眼睛都扑闪扑闪地钉在我身上），盛意拳拳地邀请我去吃烧烤，我也磨不开面子当作不认识他。

冯老师认定我是茅坑里的屎，这次的事有我一份（粪）儿。米妮倒是没有告发我，耐不住老刀一口一个"我兄弟"，于是我就有了同谋的嫌疑。虽然警察没空理会这点小事，调解一下就完了，但冯老师深挖不止，一定要我交代，我在这件事里充当了什么角色，做下了什么勾当。

七

老刀用砖头抽了冯老师一嘴巴子之后，我写了检查。

周一班会的时候，我站在讲台上，锁着眉头，郑重地念道："我深刻检讨自己的错误，不该让绰号老刀的坏人当着我的面捡砖头拍到冯老师的嘴上……"哄堂大笑。冯老师脸色很难看。但他也挑不出错儿，我说的都是事实。米妮就坐在离我最近的地方，拼命忍着不笑，小脸憋得通红。

这事造成的间接后果是，孙玉玲每月给我添了两百块零花钱。

那天，从冯老师办公室出来之后，我俩一前一后地往家走。

巷子里的灯火次第亮了，先是一盏灯，然后接力赛似的，一杆路灯摇动了另一杆路灯，一个窗户照亮了另一个窗户。仰头看，天那边儿，很遥远的地方，还有些玫瑰色的影子，不过脑袋上方已经完全黑了，必须科学地依靠照明物才能看清脚底下的路。路灯把孙玉玲的影子横撂在我面前，我踩着孙玉玲的肩，低头往前走。

　　一路无话。老侯殁了之后，孙玉玲接替老侯的位置，一出事就往学校跑。和老侯不一样的是，挨了训之后，她在大街上十分沉得住气，步子迈得不急不躁，也不回头搭理我这个罪魁祸首。老侯则暴烈得多，骂骂咧咧，唾沫四溅，一会儿挥挥拳头，一会儿亮亮脚板，把在老师办公室受的罪都加倍发泄在我身上。也不管路上行人纷纷侧目，对他个人形象造成多大的损害。他把一个恼羞成怒的父亲形象表现得淋漓尽致："老子哪有脸呢？老子的脸早让你个兔崽子丢尽了！"我不知道要是我亲妈还在，遇上这种情况，是像老侯一样感同身受呢，还是会效仿孙玉玲，把事儿都烂在家里。

　　等我闪身进屋，孙玉玲用脚后跟哐当把门关上，又一言不发地把我拉到老侯面前。

　　老侯挂在墙上的笑容十分牵强，我总怀疑他给人挂起来之后还是有知觉的，虽然笑得一成不变，但是下雨天眉头发紧，遇上"五一""十一"这样普天同庆的日子则眉梢带喜。眼下他忧郁地望着我，以至于那张笑脸倒像是一张面具。旁边的我妈，因为挂在墙上的日子更久一些，也可能是因为洗印技术的问题，整个人都朦朦胧胧的，让人有种容易忽略她的暧昧之感。

　　"当着你爸的面，我跟你交代一声，"孙玉玲声音不高，但相当严肃，带着似乎累得够呛的疲惫之态，"他临走前的话，我一直记着，耐不住你这孩子没丁点儿记性。"她看看我，又看看墙上的老侯，"你就说一句，今后还要不要我管？"冷不防一颗黄豆大的眼泪溢出她的眼眶，顺着一张布满痛苦和委屈的麻子脸啪嗒滚落。这一来未免喧宾夺主，使那张脸上的麻点都不那么显眼了。"我知道你嫌我，我也嫌我自己，费那劲，帮老侯养儿子，我讨着一点好没有？你给个痛快话儿，我还要不要当这个后妈？"她盯着墙上的两位，目不斜视。我愣在那儿，一时摸不清孙玉玲的意思。听那口气，她是要另起炉灶，和我划清界限？这也太突然了，完全没有征兆哇，难不成储大炮追求成功了，他俩要开始新生活？

趁我呆愣的时候，孙玉玲擦擦眼泪，又看了我妈一眼，起起伏伏地说："我没你好运气，能有这么个大胖儿子，无论走多远，走多久，儿子都把你放在心上……我呀，就是个天煞孤星，我也认了，可我不想你儿子毁在我手上。你跟你儿子说吧，他要怎么样，我拦不住，我只想安安生生过自己的日子。只要他今天说一句，我再也不管了，他以后跟人学坏，就算是杀人放火，也和我没关系。"

话说到这份儿上，傻子也明白她在演戏了。我心里一松快，顺嘴就保证："那什么，我俩多好的关系啊，没那么严重。我这次真的是被冤枉的，绝对没下回了。"

"你要是还跟那些不三不四的人混在一块儿，保不齐下回能干出点什么。"孙玉玲忧心忡忡，"像你这么大的孩子，最是危险，跟着好人学好人，跟着巫婆跳大神。你说说，能学点儿好吗？"

"能、能。"

孙玉玲这才缓下脸色来。

等孙玉玲知道我和老刀混在一块儿不过是因为钱不够花，当即决定给我增加零花钱。但她也知道治标不治本，因此十分严肃地对我说："我的钱也不是天上掉下来的，天地良心，要是你妈还在，你花钱的时候，想想她孤儿寡母的拉扯个倒霉孩子，剁手不？"

我给她说得后脊梁直冒汗，老侯和我妈在墙上都脸红了。不得不承认，孙玉玲挺会"点穴"的，她给饥肠辘辘的我塞了一大碗泛着金黄釉色的咖喱饭，唱歌似的柔声说："你十四岁啦，不是四岁呀，我知道你都明白。"

八

我不知道我是否明白。

我不知道孙玉玲为什么不接受储大炮，也不知道她为什么要帮老侯养儿子。很多年后，我和米妮谈起往事，说起孙玉玲，忍不住思绪如潮。米妮的肚子已经隆起来了，像座骄傲的小山包，我们拥抱的时候，它硌着我的小腹，使我奔突的气息充盈丹田，有一种大声喊叫的冲动。我总是想冲动地告诉全世界：我有儿子了！米妮幸福地依偎在我的怀里，丝毫不介意我粗糙顽劣的过去。我们共同憧憬未来，好像从来没有那样一种"过去"，它布满青涩的裂纹，凹凸不平，干瘪打皱，说不上是卑微还是平凡。但是一切都过去了，卑微逐渐饱满，变成馥郁的果实，平凡也裹上了岁月的包浆，日富光泽。

孙玉玲说我长得真像老侯，长身玉立，眸如点漆，眨个眼就能迷倒一大片小姑娘。"你妈年轻的时候，应该就是这样上了老侯的贼船。"她笑着跟我说，"你妈嫁给老侯，是下嫁了。"我问她:"那你呢?""我?"她眯起眼睛,欣慰地仰望我接近一米九的海拔,"我是高攀哪,不然哪会有这么大傻个儿的儿子。"

我十四岁的时候,个头已经蹿到一米七八,单从尺寸来看,和大人不相上下。但我尚未成年,作为监护人,孙玉玲伤透了脑筋。她没有养孩子的经验,只能摸着石头过河。听说青春期的孩子难管教,她还特地买了几本青春期教育指南之类的闲书。无奈都是纸上谈兵,何况作者也没谈到如何教育别人的孩子,要是孩子动不动拿自己的亲妈来噎她,她还怎么继续搞教育?这些都成为横亘在她面前的难以逾越的鸿沟巨峰,她咬牙切齿地跳了又跳,爬了又爬,搞得自己鼻青脸肿,头破血流。

老刀来我们学校拍了冯老师一砖头之后,我和板头、老刀结拜的事情就败露了。冯老师以拉帮结派为由拼命打压我们的正常社交活动,还逼迫孙玉玲监视我的一举一动。孙玉玲以为我是因为缺少零花钱,才跟着老刀混吃混喝,就从自己的牙缝里抠出一笔钱来塞我的嘴。我不好意思不领她的情,毕竟,就像她说的,我已经十四岁了,好歹我心里都明白。

我跟板头说,散伙吧。板头急了:"别、别介,是兄弟不是?"我乜斜他一眼:"警察来的时候,怎么没见你说是兄弟?"板头抱着我的胳膊,谄媚地笑:"警察又不成天跟着,管得着弟兄们吃喝拉撒?"他说得也不是没有道理,这事就是冯老师搞出来的,如果我们听冯老师的话,和自己抽自己的嘴巴有什么分别?哪里有压迫哪里就有反抗,不该是我们妥协,而应该让强权者发抖。

这么一来,我们仨还是像以前一样吃喝玩乐,不过我警告老刀,不要再去我们学校,那不是一个聪明人应该犯的错误。老刀自嘲地说他本来就不聪明,要不然也不至于书都念不下去,看来学校是他的不祥之地,他必须远远地离开它。于是就改在青年公园见面。那里树木葱茏,到处都是天然屏障,小情人一对儿一对儿的,谁也没工夫多看我们一眼。

我既然每月多收了孙玉玲两百块钱,良心上还是有包袱的,所以尽量不给她添堵。如果她上早班,我就像米妮那样的好姑娘一样,放学就回家,以便她能及时看到我规规矩矩的身影;如果她上晚班,我则适当平衡在外面吃喝玩乐的时间,赶在她下班之前回家。

这样逍遥了一阵子,有一天老刀忽然跟我们说,没钱了。板头不相信,说上银行呀,你爸你妈不就是自助提款机吗?老刀说他爸最近生意失败,开始拖欠抚养费;他妈觉得他爸是在演戏,生怕自己吃亏,所以决定也拖欠一段时间看看再说。"他妈的什么破爸破妈呀!"板头把烟屁股扔在地上,气咻咻地碾上一脚。我眯起眼睛,让烟雾从指尖袅袅升上开满树杈的天空,等着老刀怎么说。毕竟爸妈是人家的,我们也吃了人家好几个月。

老刀说他想干一票。

"我他妈不值钱,他们的儿子女儿都比我值钱。"老刀恨声说。他爸再婚后添了个女儿,他妈跟人又生了个儿子,弟妹都是蜜糖罐子里长大的,偏他打小儿泡在苦水里。老刀决定绑架同父异母的妹妹或者同母异父的弟弟,不信他爸他妈不给钱。"给他们点颜色看看,"老刀狠狠地磨着牙,像在梦呓,"我他妈是捡来的吗!"

这疯狂的想法吓了我们一跳,绑架!多大的罪名?这回不用冯老师打电话给警察了,警察一定会全副武装地找上门来。

"别闹,"板头也给吓醒了,"跟你爸你妈好好说,都是亲生的。"

"我们早没话说了!"老刀翻着白眼,抖着身子,肥大的裤腿儿像鼓荡的帆,在惊涛骇浪里高频地振动,"说什么都是废话,不如直接动手。"

老刀似乎深思熟虑,对后果的严重性做了分级预测。最好的情况是,他爸他妈直接给钱,当做什么事也没有。确实也没什么事,基本属于家庭纠纷的范畴。最坏的情况是,他爸他妈报了警,这样正好,趁机让这对自私的狗男女彻底曝光。

"既然报了警,警察能不追究我们的责任吗?"板头担心地问。

"懂法不?我们还未成年。再说了,儿子跟爸妈要钱,犯哪门子法?"按老刀的解释,这次特别行动顶多算是恶作剧。他已经摸清楚了情况,两家的孩子都由保姆接送,到时候一个人负责引开保姆,另一个抢孩子,还有一个打下手,足够了。至于抢哪家的孩子,可以抛硬币决定。

"这也太随便了吧?"我提出质疑,"绑架这么大的事,跟玩儿似的。"

"就是个玩儿。"老刀亲切地拍拍我,"他们生我,这么大的事情,也没跟我商量过,就跟玩儿似的。玩完了吧,随手丢一边,我他妈找谁说理去?"

老刀自知没办法找他爸妈评理,所以只能用极端的方式发泄对生命的戏谑之感。当然他的弟弟和妹妹都是无辜的,他也同意,不应当伤害比自己更加弱小的孩子,不过在拿到抚养费之前,一切悲悯情怀都是扯淡。"怪就怪他们是他们的孩子。"老刀咬字不清地嘟囔着。可他自己也是"他们"的孩子。如果有一种更高的力量,这力量也太荒诞了,好像它唯一可做的事就是调戏人间。

我和板头同意助老刀一臂之力，所谓"吃人家的嘴短，拿人家的手软"，只能连本带利还给他。板头甚至还想从中得到长期的好处，至少在老刀十八岁之前，能够跟着占点儿便宜。毕竟板头虽然父母双全，但都是下岗职工，没什么钱供他吃喝玩乐，他指着老刀给他荒唐的青春期付账呢。

经过一枚硬币的严肃裁决，我们选中了老刀的弟弟，一个幼儿园大班的小眼睛男孩，代替他自私的母亲接受惩罚。

那天天气不错，初冬的阳光一片灿烂却毫无暖意，它慷慨地涂抹在幼儿园可笑的哥特式尖顶上，四周围浮起气泡状的卡通门窗，加上幼童叽叽喳喳的声音，这一切使我们莽撞的行动充满了迪士尼式的梦幻色彩。十年前的幼儿园可没这么高级，我不合时宜地想起老侯把我从幼儿园里最后一次牵出来的场景。幼儿园门口的樱花谢了，几棵粗壮的樱树满头粉色的疮疤，老侯告诉我，以后不上幼儿园了，因为我就要上小学了。上学以后得长点儿心，不能动不动就哭着找妈妈。因为，我已经没有妈妈了。

我妈在樱花盛开的时候从生命之树上随风飘落，这瓣提前陨落的残红走得轻飘飘的，娘家人哭了一场，骂了一场，本来想把骨灰接走，但是老侯说骨灰是遗产，必须由我继承。我姥姥拉着我的手说，不是姥姥心狠，你爸是个浑不懔，我好好一个如花似玉的闺女，折在他手里，这辈子我都不想再跟姓侯的有来往。我听不大明白她的话，反正我和她也不亲。老侯把话茬儿接过去，大剌剌地说您慢走吧，侯家高攀不上您这门亲，以后都不相干了，正合意。然后我姥姥就愤然甩掉了我的手。

那年的风景就是这么错落。我在心底叹了一声。

这时候有个长相富态的中年妇女朝我们走过来,老刀拿胳膊肘拐了我一下:"这就是接孩子的保姆。待会儿你负责搞定她。"他和板头的意思是我长得好看,更像一个骗子,抢孩子的事儿就交给他俩了。我觉得这也可行,跟妇女说两句瞎话又不犯法,就是让警察抓到,也好脱身。

那妇女从我们藏身的一簇红叶李前面走过去,对即将发生的事情丝毫没有警觉。

她从装饰着羽毛图案的大铁门里接了小男孩之后,就牵着他的手往北边走。这条路线老刀已经侦查过了,为了抄近路,妇女和小孩会经过一个街心花园,我们就在那里动手。我背上双肩包,拿着一张本市地图,装作游客的样子把妇女堵在花园的小径上;然后老刀冲出来,趁其不备抱走孩子;板头掠阵,以防万一。抢了孩子之后老刀会打电话给他妈,告诉她,她儿子在她儿子手上,要不然付抚养费,要不然她儿子就把她儿子……剩下的还没想好,不过这不重要,重要的是"绑架"行为背后的意思表示。

计划进行得很顺利,就在我向保姆打听市博物馆怎么走,并打开地图遮挡住她的视线,让孩子成为她眼角余光的一个死角的时候,老刀出其不意地冲出来抱走了孩子。为防保姆反应敏捷,板头还猛推了保姆一把。保姆一个趔趄,肥胖而富有弹性的身躯顷刻倒在我怀里。我像接了块烫手的山芋,向后一撤,撒丫子就跑。胖山芋跌坐在地上,哎哟大叫,光听声音还以为被摔烂了。

九

  我们跑得太快,保姆反应过来之后,连声的喝阻不仅没有拦住我们,反而在背后成了推动我们狂奔的加速器。那孩子起初是吓蒙了,然后哇哇大哭,老刀吓唬他,如果再哭就把他阉了。孩子没听懂,仍旧哭闹不止,老刀就把他粗鲁地扔在地上,扒下他的裤子,用手在他的小鸡鸡上比画了一下。小男孩张大了嘴,拼命瞪大一双小眼睛,无奈眼睛实在太小,像是豆荚里蹦出两颗豆子。可能是遗传,老刀的眼睛也不大,在米妮忽闪忽闪的大眼睛面前,不得不自惭形秽。他觉得可能就是这双小眼睛,影响了他的爱情。我劝他,眼大眼小都是个命,跟爸妈似的,没得选。老刀一瞪眼,豆荚里也蹦出两颗豆子。"怎么没得选?他就挺会选的,"老刀指着小男孩,"都是一个妈生的,他选对了时候。"小男孩安静下来,哭丧着脸说:"我认得你。"老刀挥了一拳,呼一声,在小男孩面前划出一道愤怒的弧线。小男孩又吓哭了。

  "叫哥。"老刀拿吃的给小男孩。

  "我叫你哥哥,你就放我回家吗?"小男孩怯怯地问。

  "不吃拉倒。"

  "我要妈妈。"

  "你妈就来了。"

  老刀已经给他妈打了电话,把刚才吓唬小男孩时开玩笑说要阉掉这孩子的话,当作了他母亲不付抚养费的代价,老刀的妈在电话里吓得魂飞魄散。"给,给!"老刀的妈喊起来,"你别乱来啊,他是你弟弟。"老刀也喊起来:"你把我当儿子了吗？"

挂了电话，老刀的胸口还一起一伏的，他大口喘着气，颓唐地倚着树干坐下来。初冬的草地铺了一层干硬的枯黄，隔着裤子还能感觉到草茬子扎屁股。我蹲在一块石头上，板头则陪着小男孩呆坐在公园长椅上。傍晚的青年公园灰蒙蒙的，一些鸟扑棱棱地飞过来飞过去，找不着家似的。巢就在树杈上，仰脖子就能看见，可它们飞来飞去，就是飞不到头儿。

"给你爸打电话了吗？"我给老刀扔了一支烟。

老刀胡乱一抄，没接着，只好把烟从地上捡起来。他把烟叼进嘴里的时候，嘟着腮帮子，我发现他的嘴唇乌青乌青的，像是两爿不新鲜的冻肉夹住了一根棒棒糖。他说绑小男孩之前就给他爸打电话了，让他把他女儿看紧点儿，这次他女儿走运。他爸莫名其妙，他也懒得解释，反正他妈会给他爸打电话的，他都想象得出他妈在电话里如何把他爸骂得狗血淋头："你个挨千刀的，我怎么躲都躲不掉你这个王八蛋！装破产，玩欠费，现在我儿子被你儿子绑架了，你要是再不给钱，我挠死你！"

天色一点点暗下来，浅灰色变成铅灰色，像一口锅扣在我们头顶上。我想孙玉玲上晚班，应该没那么早回家，办完这事儿，还来得及下顿馆子。吃点什么好呢，沙朗牛排还是旋转寿司？老刀他妈和他爸正在往青年公园赶，包里肯定都是现钞，省得我们再去找提款机。

时间流逝，沙沙有声，令人想到啮齿类动物的咀嚼和啃噬。如果时间倒回去，能看到暮色中那几个孩子在生命早期的计时器里百无聊赖的迷茫，他们不知道自己在做什么，也不知道在比暮色更苍茫的未来，自己能做什么。

就这样，他们茫然地等来了莫名其妙的仲裁。

老刀他妈出现在暮色里的时候,还带来了"你们已经被包围了,放下武器!"的扩音器的噪声。接着人头攒动,安静的小树林里忽然热闹非凡。杂沓的脚步踩乱了枯草茎,一枚从天而降的雪花拂在我的脸上,入冬以来的第一场雪就这么出乎意料地来到这座上演了太多悲欢离合的城市。它似乎也很惊讶,下午的时候,灿烂的阳光还越过冬季,温和地铺满天空和大地,没想到短短几个小时以后,太阳刚刚沉寂在西山背面,它就有机会代表那个有史以来最寒冷的冬天活跃在案发现场的上空。

多年以后我还是没法形容那天的场景,我的心情比场面更混乱,老刀更是乱了阵脚。他像被香烟头烫了一下,立刻从地上跳起来。慌乱中可能受到扩音喇叭的提醒,他反而不合时宜地掏出了一把三寸长的弹簧刀——我和板头都不知道他身上带着这玩意儿,按照计划我们也没打算对小男孩使用管制刀具。也许我们都低估了他的愤怒,我们不是他,任何人都不是他,一个被亲生父母当作球踢来踢去的多余的孩子。他一把就提起了小男孩,朝着对面看不清面目的母亲说:"你说过不报警的!你总是骗我!"他的两爿冻肉一样的乌青嘴唇哆嗦得厉害,由于离得近,我清楚地听见上牙磕碰下牙的声音,嗒嗒嗒,像是他嘴里藏着一挺绝望的机枪。

"把孩子放下!"

老刀可能没听清楚,他自己也还是个孩子,对人生的判断未免孩子气。

我蹲在石头上一直没下来。警察让我们抱头蹲下,我就抱着头蹲在石头上面,把自己蹲成了一座雕像。板头也吓得不轻,他已经从长椅上秃噜下来,抱头蹲在地上,给自己短暂的青春按了暂停键。只有老刀站在黑乎乎的冬天里冲动而倔强。他把小男孩提起来之后，孩子就被迫站在椅子上，脖子的高度正合适架上一把刀。絮状的雪花无声落下，一朵一朵，轻佻地飘在紧张的空气里，老刀和他的刀一起发抖，但他坚持着，不让自己停下来，仿佛一停下来，就前功尽弃了。大颗大颗的泪珠从他的小眼睛里涌出来，源源不断，绵绵不绝，简直可以和春天奔涌的山泉相媲美。在黑色的春泉里，他呜咽着说："我不放下，就不放下，你们打死我吧，反正就多我一个……"

老刀妈和老刀爸都在旁边劝，越劝越让人着急，老刀开始歇斯底里："滚蛋！这么多年你们看过我一眼吗？光是把钱打在账上，连一面都懒得见，现在连钱也舍不得给了，我有必要和你们谈感情吗？我他妈没感情，我就是冷血杀手，杀手！我杀了你儿子！"他挥着刀，狂暴地控诉他面前哭得上气不接下气的母亲，"你疼他，我呢？我他妈是谁啊？还有你，"他又质问那个一脸灰土色的父亲，"她儿子出事，关你屁事啊！你他妈来干什么，收尸吗？"他脸上泛着潮红，越发亢奋起来，"都死了吧，哈哈，一块死了干净，哈哈……"

瘆人的笑声惊得风回雪落，小树林的上空盘旋着石破天惊的晕眩，砰，砰，旋转，旋转。

两声枪响，老刀仰面倒下，所有的人都天旋地转。

枪声太近了，擦烫了我的耳膜，我捂住耳朵，缩成一粒干瘪的核桃。有人喊叫着扑过来，到处都是脚，孩子的哭声，鸟雀的扑棱声，威严的"老实点，别动！"以及风吹落生命和雪花的声音……我被扑了个嘴啃泥，双手反剪到背后，脖子里粗暴地戳进几星干硬的草茎。

冬天一下子变得很深入了，我痛苦地打了个寒噤。

十

　　孙玉玲作为监护人来看我，彼此的瞳孔里映照出对方消瘦的人影。她在外面，我在里面，都不好过。我这才想起来，她是唯一从来没有放弃过我的——母亲，这个突然从心底蹦出来的词儿让我不禁热泪盈眶。我听见她跟带她进来的管教干部说，大人不懂事，让孩子遭罪了。管教摇着头，撇着嘴，说这事闹的。

　　孙玉玲安慰我，很快就没事了，本来也没多大的事。老刀也还好，两枪都没打中要害。

　　按孙玉玲的乐观估计，这事现在闹得不可开交，反而对我有利。"过了这段儿就好了，"她努力展开笑容，"我给你爸你妈都说了，让他们保佑你，这是咱亲儿子。"

　　我低着头，不言语，听孙玉玲一个人叨咕："我就纳了闷了，老刀他们家是怎么一回事，敢情生个儿子挺容易呀，不养也就罢了，还尽糟践孩子……哎呀，这就好比一个有钱人，花起钱来大手大脚，缺心少肺；那没钱的呢，瞅着一口空米缸能急死……"孙玉玲说着，叹着，絮叨得管教都看不下去了，敲着门框催她："时间快到了啊！"

　　我抬头看看她，她脸上的麻点儿泛着莹润的光泽，一粒一粒的，像是滚着晶莹的珍珠。"你这么聪明的孩子，长点儿记性呀。"她用温柔的目光拍打着我，仿佛很多年前，我妈在病床前拉着我的手，轻轻地说："你以后要乖。"

　　我嗫嚅着，泪水蒙上心头和眼窝，妈——喉头一热，声带发紧，终是没叫出声儿。

大概十几天之后，我又回到学校。冯老师说你要珍惜现在的学习环境，本来你这样的，够得上开除了。我说感谢学校，感谢冯老师。冯老师说，你要感谢你妈。

我们这地儿的老人都说，养小子，不像养闺女，是个慢活儿，你得等，等他开窍。闺女七八岁就懂事了，有的傻小子，十好几岁还犯浑呢。我觉得他们在影射我，本来，我妈殁了之后，我就该懂事儿才对，可我岁数都翻一番了，还在犯浑。孙玉玲等得脖子都长了。

初二下学期，我开始发奋图强。

初三毕业会考，米妮考了全年级第三，冯老师特别高兴，因为破了他带班的记录，他带的学生还从来没有冲击过年级前三甲呢。不过让冯老师更高兴的是，我考了年级第二。冯老师简直高兴疯了，在全校表彰大会上毫不客气地夸口自己治学有方，在其呕心沥血的教导下，一个差点沦为阶下囚的孩子变成了品学兼优的好学生。

孙玉玲半夜给我爸上香，说老侯你闭眼吧，你说的两条，都实现了。窗外的月亮好圆，大大的银盘嵌在蓝丝绒一样的夜幕里，一室幽蓝，一地银辉。孙玉玲的眼睛晶亮晶亮的，仰头看看老侯，又看看我妈："我可不是占你便宜，你都看着呢，咱儿子有出息了，咱儿子……"她哽咽着再也说不下去，抖动着双肩，不能自已，我在门缝里全瞧见了。

这些年，月亮圆了又缺，缺了又圆，可我和孙玉玲还住在一块儿，像一对真正的母子。我依然没叫过孙玉玲一声"妈"，实在叫不出口。但是我给人介绍孙玉玲的时候会说，这是我母亲。孙玉玲则逢人就喜气洋洋地显摆，这大傻个儿，我儿子。我们走在街上，越发像一对母子，以至于有一天，孙玉玲遇到一个多年没见的老乡，她们相互打过招呼，完全蒙在鼓里的老乡十分羡慕地对孙玉玲说，你儿子长得真像你。转过身，孙玉玲格格地笑，脸上的纹路由浅及深，绽开满脸菊花。她笑得像只抱窝的老母鸡。

储大炮求婚失败，哭丧着脸问我，孙玉玲到底想要什么？无论她想要什么，我都答应她。我说我也不知道，可能……可能是因为我，你再等等，等我考上大学。我走了之后，说不定能给你腾出空儿。储大炮也觉得有道理，以我现在的学习成绩，考大学对我来说是轻而易举的事，既然他已经等了这么多年，或者说，孙玉玲已经等了这么多年，那就再等等。

日升月落，一晃又是好多年。我大学毕业，有了一份体面的工作，还抱得美人归。米妮愿意跟着我回到这座小城来，尽管在北京上大学的时候，我俩都约好了，北上广才是年轻人砥砺奋斗的梦想之地。米妮闭着眼睛，靠在我肩膀上，像只小燕子似的呢喃："怎么着都行，听三哥的。"她捧着肚子，一下一下地捋，"其实回去也挺好的，我爸我妈也想我，他们就我一个孩子。"我揽着她的肩，用细不可闻的小声儿念叨，孙玉玲也就我一个，她从小把我养大，我得养她的老。"你说什么？"米妮问。"没什么。"我笑笑。

为这事我还埋怨过储大炮，他的战斗力弱爆了，我走了之后他还是没能攻下孙玉玲这座高地。储大炮委屈地说我都用尽了办法，她就是不同意。"为什么？"我问储大炮。"为什么？"储大炮问我，"我要是知道为什么就好了。"

又是一个满月，胖大的月亮挂在中天，我和米妮陪着孙玉玲过中秋。酒，也满上了，孙玉玲一手举着杯子，笑眯眯的。"我就盼着这样的日子，"她把另一只手放在米妮隆起的肚皮上，一副心满意足的表情,"下个月就到日子了吧?"我心里一动,雾一般腾起异样的朦胧感觉,可能——这就是孙玉玲总是不答应储大炮的理由。

吃完饭,我跟着孙玉玲钻进厨房。她正一心一意收拾着碗筷,见我进来,就往外推我:"你陪米妮看电视去,地儿小,人多了磨不开屁股。"我凑在她身边,嬉皮笑脸地说那我就不磨屁股呗。孙玉玲仰脸笑起来。我说你笑得真好看,怪不得炮叔一直断不了心思。孙玉玲啐我:"你个倒霉孩子,消遣老娘哪。""不,"我郑重地说,"没你就没我,我心疼你。"孙玉玲眼圈红了,强撑着笑:"这话我爱听,娶了媳妇,会说话了。"她长长地吐了一口气,"你不该劝我,我还得反过来劝你。好不容易在大城市站住脚,怎么说回来就回来了?你们年轻人呀,就是任性。"我嗔怪她咸吃萝卜淡操心,我和米妮都是经过深思熟虑的,这里的福利待遇比北京还好呢。孙玉玲眉眼弯弯的,说:"那就好,哎,那就好。"

厨房的小窗户正对着那轮满月,胖大的肚子布满暗红的纹理,犹如扯着血丝的一团蛋黄,丰满得简直要随时爆开。孙玉玲抬起湿淋淋的手,指着月亮说:"你瞧,今儿这月亮,嗨,真圆,真亮!"

也许是因为要当爸爸了,我觉得月球表面的暗红色纹路挺神奇的,越看越像米妮肚皮上花样百出的妊娠纹。回头望望孙玉玲,她正眯着眼睛,喃喃絮语:"唔,我就喜欢这样的日子,呵,月亮怀孕啦。"